KB117152

시골 소방관
심바 씨 이야기

시골 소방관
심바 씨 이야기

1판 1쇄 발행 2023. 4. 3.
1판 2쇄 발행 2024. 6. 10.

지은이 최규영

발행인 박강휘
편집 구예원 디자인 조은아 홍보 이태린 마케팅 박인지
발행처 김영사
등록 1979년 5월 17일(제406-2003-036호)
주소 경기도 파주시 문발로 197(문발동) 우편번호 10881
전화 마케팅부 031)955-3100, 편집부 031)955-3200 | 팩스 031)955-3111

값은 뒤표지에 있습니다.
ISBN 978-89-349-5161-2 03810

홈페이지 www.gimmyoung.com   블로그 blog.naver.com/gybook
인스타그램 instagram.com/gimmyoung   이메일 bestbook@gimmyoung.com

좋은 독자가 좋은 책을 만듭니다.
김영사는 독자 여러분의 의견에 항상 귀 기울이고 있습니다.

시골 소방관
심바 씨 이야기

최규영
에세이

김영사

평범하고 용감한 보통의 삶들에 대하여

"신규직원 중에 기고문 하나 써봐라. 누가 쓸래?"

아침에 출근을 하니 창가에서 식물에 물을 주며 우리를 기다리시던 구조대장님이 물었다. 마치 스무 명쯤 되는 신규직원들 중 한 명이 총대를 메라는 말투였지만 우리 팀의 신규직원은 나와 박반장 둘뿐이었다. 눈빛을 서로 주고받다가 그냥 맘 약한 내가 하기로 했다.

늦게 시작한 소방생활이니 남들보다 더 열심히 살아야 한다는 생각이었다. 조악한 글이었지만 터널사고의 기억을 더듬어가며 그때 상황과 내 마음을 종이에 꾹꾹 눌러서 썼다. 그 글이 지역 신문에 게재가 되고 소방서 사람들의 많은 칭찬이 있었다.

'어!? 나한테도 이런 숨겨진 재능이 있었나?'라는 생각에 한달 후 기고문을 한 장 더 써서 의기양양하게 제출을 했지만 단박에 구조대장님께 반려되었다.

"최반장 이건 별로다."

무관이 득세한 구조대에서 이 정도 글이면 다음 라운드까지 진출을 시켜볼 만할 텐데 대장님은 그 와중에도 좋은 글을 고르시는 분이었다. 애써서 쓴 글을 버리긴 아깝고 개인

블로그(브런치)를 만들어 한 편 한 편 저장하기 시작했다. 그렇게 시골 소방관 심바 씨의 이야기가 시작되었다.

글을 쓰려니 쓸 일은 많았다. 소방관의 일에 대해 적어볼까 했지만 소방관 옷을 입고 있는 나조차 소방관이 정확히 무슨 일을 한다고 정의하기 어려웠다. 언젠가 영화에서 보았던 불 속에서 어린아이를 품에 안고 나와선 김이 모락모락나는 헬멧을 툭 벗어 던지고 머리에 생수를 쏟아 붓는 소방관의 모습이 평소 모습일 줄 알았다. 한데 막상 소방관의 일은 그보다 더 자질구레했다. 툭하면 개를 잡아 달라는 출동이 걸리고, 돼지가 집을 나가거나 소대가리가 축사 문틈에 끼어도 소방관이 출동을 했다.

나는 진정 누구인가, 왜 내 방화복엔 검댕이 아닌 소똥이 묻어 있는 것인가 현타가 올 때면 원룸 방안에 앉아 밥상을 펴고 글을 써내려갔다. 그 시간이 나를 위로했다.

'소방관을 영웅으로 미화시키는 글은 쓰지 말아라.'

내가 글을 쓰고 사람들에게 소방관의 일상을 알린다는 걸 알게 된 대장님이 내게 해주신 말이다. 그 말의 속뜻을 깨닫는 데엔 많은 시간이 필요하지 않았다. 불을 끄거나 위급한 교통사고 현장에서 사람을 구할 땐 위험을 감수하며 일을 했지만 그것들이 소방관 삶의 전부가 아니었다. 우리도 한 명의 직장인이고 누군가의 가족이며, 용감해지고 싶지만 때때로 그것이 어려운 보통 사람이라는 사실을 알았다. 그 안에 살며 '사람' 소방관의 시선으로 세상을 바라보고 싶었다.

그러자 소방관들의 세계가 눈에 들어왔다. 바빠서 공 튀길 시간이 없다 해도 족구는 늘 소방관 가슴 한편에 자리 잡고 있었고, 화재는 제육볶음과 컵라면의 힘으로 껐다 해도 과언이 아니었다. 기계처럼 사람 가슴에 압박을 하던 구급대원은 생명이 떠난 자리에서 그만큼의 빈 가슴을 가지고 살아가야 했다. 결혼과 육아와 같은 일상의 고민도 방화복 어딘가에 늘 묻어 있었다.

우리는 매일 타인의 죽음을 직면했다. 어떤 사유로 죽음을 맞이했는지는 우리에게 중요한 일은 아니었다. 우린 어떻게 살릴지에 대해 고민을 하는 사람들이기에 말이다. 하지만 같은 지역주민으로서 누구 지인의 지인이었고, 어떤 사람이었는지 띄엄띄엄 듣게 되니 그 죽음이 얼마나 안타까운지 마음은 늘 알고 있었다.

그러다 보면 잠 못 이루던 긴 밤이 많아졌다. 철학은 모르지만 소방관의 밤은 가끔 철학이 되기도 했다. 천장에 사고자의 얼굴이 떠오르기도 하고 가족들의 얼굴이 떠오르기도 했다.

이 글은 연고도 없는 남원 작은 방안에서 그 밤을 채우고자 쓴 글이기도 하다.

차
례

1

×

웃음도 슬픔도
보통날이었다

삶과 죽음은 때론
종이 한 장 차이로 엇갈리곤 한다.
마음 깊숙한 곳에 자리한
슬픈 기억들을 모아놓은 상자에
그 사람의 이름표를 넣어
보관하고 있다.

메멘토 모리

　여기저기 깨져서 널브러진 차량들, 겁에 질린 사람들의 표
정, 하늘의 절반을 새까맣게 메운 터널의 연기, 그리고 이런
혼란에도 아랑곳없이 세상을 덮느라 여념이 없던 올겨울 첫
함박눈, 이런 것들이 내가 기억하는 사매터널 사고의 첫 장
면들이다. 남원이라는 작은 도시에서 30중 추돌사고라는 유
례가 없던 대형 사고였다.
　남원소방서에 배치받은 지 한 달이 갓 넘은 신입 구조대
원이었던 나에게 연쇄추돌사고는 너무나 버거운 출동 지령
이었다. 사고지점으로 가는 구조차에서 오가는 무전소리만
으로도 단순한 터널 내 교통사고는 아니라는 직감이 들었다.
현장에 도착해보니 터널은 이미 화재가 한창 진행되어 거친
연기를 내뿜고 있었다.
　사고현장에 도착하면 사람을 수색하고 구조하는 것이 구
조대원의 임무이다. 선발대로 도착한 우리는 불길을 뚫고 들
어가든, 불을 끄면서 들어가든, 일단 신속히 진입해야 했다.
팀원의 절반은 반대 차선쪽 터널 중앙에 있는 비상구를 이
용하여 진입을 시도했고, 나와 동기는 불을 끄면서 들어가는
쪽을 선택했다. 급박한 상황에서 신입딱지는 별로 중요하지

않았다. 불길이야 어떻든 용기를 갖는 게 중요했다.

현장에 도착하는 타 지역 구조대와 펌프차의 소방관들도
수관을 들고 그 용기에 기대어 불을 향해 들어갔다. 터널 안
에서 수많은 소방관들의 목숨은 위태위태한 사선 한가운데
에 서 있었다.

질산탱크가 쓰러진 터널의 반대쪽 상황도 최악이긴 마찬
가지였다. 불길이 없는 터널 한쪽 모퉁이에 빈 공기통들이
쌓여가고 수십 대의 펌프차에서 공급할 수 있는 물도 다 떨
어질 때쯤 불길이 사그라들었다. 6시간 동안 한 번도 쉬지 않
고 공기통을 메고 있던 어깨가 그제야 맘껏 아파왔다.

며칠이 지나서 소식을 들었다. 같은 팀 구조대원이 들쳐
업고 나온 할아버지께서 끝내 운명을 달리하셨다고…… 터
널 앞에서 아내를 잃은 한 사내의 처절한 울음소리가 잊히지
않는다. 터널은 많은 슬픔과 여운을 남기고 까맣게 식어갔다.
삶과 죽음의 경계가 모호했던 현장에 다녀와서 나는 '앞으로
어떻게 살까'보다는 '어떻게 죽을까'에 대한 생각이 더 많아
졌다.

메멘토 모리memento mori, 즉 '당신의 죽음을 기억하라'.

관창(물 호스 머리)을 들고 한 치 앞도 안 보이는 터널에 들
어갔을 때 사실 겁이 났다. 빨갛게 달아오른 저 탱크가 폭발
하면 이제 막 걸음마를 뗀 내 조카의 커가는 모습을 볼 수 없

을지도 모르겠다는 생각이 들어 이내 뒤로 물러서고 싶었다. 하지만 그러지 않았다. 소방관은 그런 선택을 하는 사람이어야 하기 때문이다. 내 주위 동료들 역시 같은 선택을 하고 끝까지 관창을 붙들고 있었다.

나는 언젠가 죽음을 맞이할 것이다. 은퇴를 한 후 가족의 품에서 죽음을 맞을지, 혹은 사고현장에서 맞을지 모르지만 나는 나의 죽음이 자랑스러웠으면 좋겠다. 나에게도 내 가족에게도. 이제 두 달이 지나는 신입소방사인 나는 늘 그때와 같은 선택을 하는 소방관이 되길 다짐한다.

더 이상 유자차를 마시지 못한다

삶과 죽음은 때론 종이 한 장 차이로 엇갈리곤 한다. 죽음은 가족과 친구들에게 깊은 슬픔과 상실감을 가져다준다. 그 슬픔이 무뎌져 언젠가 보통날을 맞겠지만 우리에겐 슬픔을 소화시키는 소화기관이 없다. 다시 평범한 날을 맞을 뿐이지 그 슬픔이 사라지는 것은 아니다. 마음 깊숙한 곳에 자리한 슬픈 기억들을 모아놓은 상자에 그 사람의 이름표를 넣어 보관하고 있다.

소방관들에겐 그와 비슷한 병이 있다. PTSD(외상 후 스트레스 장애)라고 부르는 일종의 정신질환으로, 충격적인 장면이나 감정, 공포 등을 기억 상자에 모아두고 틈틈이 꺼내보는 병이다. 가끔씩 사무실에 놀러 오는 팀장님이나 과장님들이 옛날 사건 이야기를 꺼내는데 시간, 장소, 배경을 서로 스피드 게임을 하듯 척척 알아맞힌다. 그 이야기가 때론 씁쓸하게 끝이 날 때도 있고, 커피잔을 탁 털고 웃으며 일어나 나갈 때도 있다. 그러곤 다시 보통날로 돌아가는 것이다.

아직 소방관으로 일한 지 1년도 채 안 되었지만 그래도 나 또한 소방관이라고 다른 이들처럼 이 과정을 겪고 있다. 예전에 호주의 악어농장에서 매일 악어 시체를 치우고 구더기가 드글거리는 닭대가리(악어밥)를 맨손으로 만졌던 경험 덕분인지 시각적인 충격에는 좀 무딘 것 같다. 하지만 삶과 죽음이 갈리는 현장에서 갖게 된 감정과 생각이 가끔 밀물처럼 밀려올 때가 있다. 그 반장님을 뵌 이후로 한동안 그랬다.

눈 앞에 시뻘겋게 달아오른 탱크차와 그 밑으로 불똥이 뚝뚝 떨어지는 것만 눈에 들어왔다. 내가 쏘고 있는 관창을 누군가 뒤에서 보조해주고 있다는 느낌만 받았을 뿐 새까만 연기와 먼지로 인해 헬멧 유리를 닦는 나의 손조차 보이지 않았다.

이곳에 발을 디딘 이상 후퇴는 없었다. 불길이 잡히면 그 다음 타깃으로 옮기며 전진만 있을 뿐이었다. 관창을 잡고 있는 나, 관창 보조, 그리고 나를 향해 엄호 주수를 하고 있는 두 명의 소방관들. 이렇게 네 명은 서로 어디 소속인지, 상대가 누구인지도 모른 채 터널 화재 속에서 만나 서로의 생명을 조금씩 책임져주고 있었다.

그렇게 한참을 불길과 싸우는 동안 누군가 뒤에서 어깨를 툭툭 쳤다. 뒤돌아보니 다른 소방관이 공기호흡기 아래쪽을 툭툭 치며 나에게 신호를 보냈다. 공기호흡기에 공기가 다 떨어져 비상벨이 깜빡인다고 교대하자는 신호였다. 들릴지는 모르지만 "수고하십시오" 크게 외치며 관창을 건네고 터널 밖으로 빠져나왔다.

밖은 터널 안보다 더 어수선했다. 호스를 들고 이리저리 바쁘게 움직이는 소방관들, 앰뷸런스에 차례대로 실려 가는 환자들, 저 멀리서 이런 우리를 보며 발을 동동 구르는 시민들, 우리를 향해 컵라면이라도 먹고 가라고 손짓하는 따뜻한 의용소방대원들, 이 모두가 거친 눈발을 맞으며 이 사태가 진정되기를 바랐다.

그리고 방화복을 입은 소방관들 틈에서 홀로 사복을 입은 채 머리 위로 소복이 눈이 쌓인 한 남자. 그를 지나 새로운 공기통으로 교체하고 나는 또다시 불 속으로 들어갔다.

"어제 3팀 그리고 야간에 2팀 고생 많았어. 불이 꺼졌다고 일이 다 끝난 것은 아니고. 오늘 또 3팀 주간이지? 이따가 현장 가서 사체 수습 마무리하고 화재조사팀이랑 경찰에 인계해야 하니까 한 번 더 가서 고생하자고. 알겠지?"

구조대장님의 말에 다들 고개만 끄덕거렸다. 어제 교대도 못하고 밤새 자리를 지킨 대장님의 턱과 입가엔 새카만 샤프심들이 촘촘하게 박혀 있었다.

우리는 위아래로 방화복을 입고 또다시 화재현장으로 갔다. 밤새 이루어진 작업으로 현장은 조금 정리된 느낌이었다. 어제는 소방관들만 보였는데 오늘은 경찰들이 눈에 띄었다. 터널 안에는 50여 명의 경찰들이 아침 일찍부터 현장 안으로 들어가 사체를 수습 중이었고, 폴리스 라인 앞에 기자들은 경찰 소방 관계자들의 일거수일투족을 수첩에 기록했다.

구조차가 도착하자 세련된 복장을 한 젊은 여기자가 나에게 마이크를 내밀었다.

"안녕하세요. 어제 상황이 어땠는지 한 말씀 부탁드려도 될까요?"

"아 그게요. 어제는 저⋯⋯."

"최반장! 뭐 해? 가자."

"아 예!"

하마터면 넘어갈 뻔했다. 상냥하고 또박또박한 서울 말투에 잠시 흔들렸다. 아닌가, 내가 총각이라서 그런 건가. 공무원은 함부로 개인의 생각을 언론에 내비치면 안 된다.

장비를 챙기는 사이 한 남자가 팀장님께 말을 걸어왔다. 팀장님도 오랜만에 만났는지 안부를 물으며 그에게 인사했다. 헝클어진 머리에 눈은 빨갛게 충혈되어 있었고 깊은 슬픔이 묻어 있는 표정이었다.

"어⋯⋯ 그래 이야기는 들었고. 그래 한번 해봐."

팀장님은 왠지 부담되는 부탁을 받은 듯 보였다.

"팀장님 무슨 일인가요?"

"어 그게⋯⋯ 예전에 같이 일했던 앤데, 일도 잘 하고 사람도 좋아. 지금 아마 어디 소방서에 있을걸. 작년인가 결혼했는데 애는 없고. 근데 와이프가 어제 저 터널 지나다가 소식이 끊겼나 봐. 글쎄 잘 안 될 거 같긴 한데, 우리 팀이 터널에 들어갈 때 같이 좀 들어가고 싶다고 위에 이야기를 해보겠다는데."

기억이 났다. 어제 소방관들 사이에서 머리 위로 눈이 소복하게 쌓여 있던 그 남자. 그는 어제 사고 시점부터 지금까지 잠도 못 자고 자리를 지키며 불길을 쳐다만 보고 있었던 것이다.

아직 터널에 진입하지 말고 대기하라는 명령에 우린 구조차 안에 다시 올라타 앉았다. 덤프트럭 높이의 구조차에선 먼 곳까지 시원하게 내다보인다. 한참 동안 사람 구경을 하다 저쪽에서 그 반장님이 우리 쪽을 향해 걸어오는 게 보였다.

구조차 바로 앞에 주차된 빨간 승합차에 타자 그 승합차가 좌우로 흔들거리기 시작했다. 5분이 넘도록 영문도 모른 채 흔들거리는 승합차의 옆문이 열리고 그는 다시 팀장님께로 걸어왔다. 구조차 운전석 옆에 선 그의 모습은 말로 표현하기 힘든 몰골이었다. 얼마나 울었던지 빨간 눈은 튀어나올 듯했고 소매로 닦은 콧물과 침의 흔적도 얼굴에 그대로 남아 있었다. 살짝만 건드려도 쓰러질 것만 같은 발걸음과 당장이라도 울음이 터질 것 같은 표정은 그가 느끼는 감정들을 모두 표현하고 있었다.

"어떻게 됐는데?"

"그게요. 안 된대요. 그래서 혹시라도 손가락 한마디라도 찾으면 꼭 좀…… 부탁드려요. 그래야…….."

간단한 말 한마디조차 마무리 짓지 못하고 그는 그 자리에서 실신을 하듯 울음이 터져버렸다.

그를 두고 다시 들어간 터널에서 우리는 그가 찾는 어떤 것도 찾을 수가 없었다. 진심으로 찾아주고 싶었지만 그 안엔 차갑게 식은 재뿐이었다.

그날이 있고 한참 후 공무원 메일로 소방관의 편지가 도착했다. 그는 화재로 아내를 잃었고, 고생한 직장동료들에게 감사하다는 내용의 편지였다.

이 얼마나 이율배반적인 일이란 말인가. 생면부지 모르는 사람을 위해 불 속에 몸을 던졌던 사람인데, 정작 그가 가장 아끼고 사랑한 사람을 위해서는 아무것도 하지 못하고 불 앞에 발만 동동 구르던 그 무력감은 어쩌란 말인가.

얼마나 가슴 졸이고 속이 꼬일 듯 아팠을까. 들어가지 못하는 그 불길 속에 아내가 있다는 생각에 얼마나 고통스러웠을까. 처절한 울부짖음이 만들어낸 얼굴의 주름 하나하나가 내 머릿속에 깊게 박혔다. 그가 느끼는 감정도 전염되어 내 마음에 슬픔으로 각인되었다. 난 아직도 그날의 불길이, 그리고 감정이 생생하다.

"장비 챙겨. 그래도 할 일은 해야지."

팀장님의 무겁고 허탈한 한마디에 우리는 모두 내려서 구조차 옆문을 열고 장비를 챙겨 뒤를 따랐다. 어젠 세상을 파묻을 기세로 눈이 내리더니 지금은 따뜻한 바람이 불어왔다. 도로 한쪽에선 현장 상황 브리핑을 위해 깨끗한 방화복을 입은 소방관들이 회의를 하고, 폴리스 라인엔 여전히 기자증을 목에 건 기자들이 열심히 이야기를 퍼 나르고 있었다. 등에 '과학수사'라고 적힌 조끼를 입고 바쁘게 전화를 받으며 터널을 향해가는 경찰도 눈에 띄었다.

그 사람들을 지나 새카맣게 식은 슬픔 가득한 터널 앞에 도착했다. 수많은 사람들의 탄식과 눈물이 얼룩진 그곳에 여전히 냄새가 진동했다. 그 냄새는 불 냄새가 아니었다. 터널 가장 바깥에서 충돌한 트럭은 유자청을 싣고 가던 트럭이었다. 사고로 트럭에서 쏟아진 유자청이 바닥에 수북이 흩어졌다.

한 사내에게 가장 비참했던 날, 냉혹하고 비정한 그 터널엔 향긋한 유자향이 가득했다. 그 후로 나는 더 이상 내가 좋아하는 유자차를 마시지 못한다.

저희가 더 감사합니다

올해 처음 봄날의 향기를 내뿜던 3월의 어느 날, 남원구조대에 당장 소방서에 찾아가겠다는 전화 한 통이 걸려왔다. 자신의 손가락에 낀 반지가 빠지지 않아 반지를 절단해야 한다는 것이다.

전화를 끊고 우리는 부랴부랴 장비들을 하나씩 꺼내왔다. 반지 절단기, 니퍼, 공구함, 철조망 절단 도구 등을 모아 테이블에 올려두었다. 테이블에 깔린 장비를 보니 마치 처음 가는 데이트에 여자친구가 뭘 좋아할지 몰라 몽땅 다 준비해온 남자의 모습 같아 보였다. 늘 어디론가 출동을 해서인지 소방서에서의 기다림이 오히려 더 긴장되고 초조했다.

오랜 기다림 끝에 한 아주머니가 노부부와 함께 소방서 앞 주차장을 지나 걸어오는 모습이 보였다. 거동이 불편하셨는지 두 분이 딸의 손을 꼭 붙들고 천천히 오시는 모습에서 가족의 애틋함이 묻어났다. 한때는 저 두 분의 손을 잡고 걱정과 기대 속에 어린 딸이 천천히 걸음마를 떼었을 텐데, 세월은 활시위를 떠난 화살처럼 지나 이젠 딸의 염려 속에 노모가 걸음을 떼고 있었다. 우린 얼른 총총 뛰어나가 인사를 건네고 유리문을 열어주었다.

자리에 앉아 할머니의 손가락을 보니 금반지 두 개가 손가락을 옥죄는 상황이었다. 옆에 있던 딸이 몇 차례나 반지를 빼려고 시도했지만 오히려 손가락이 더 부어오르기만 한다고 당황하며 설명하였다. 할머니는 딱히 말씀은 없으셨지만 이미 찌푸린 미간으로 아픔과 두려움을 충분히 표현하고 계셨다.

첫 번째 반지는 비교적 수월하게 잘려 나갔다. 장비만 놓고 보면 못 자르는 게 이상했다. 하지만 문제는 두 번째 반지였다. 반지가 살 속까지 파고들어 손가락 마디를 깊숙하게 조르고 있었다. 우리는 다시 할머니의 시선을 수건으로 가리고 작업을 시작했다. 반지 절단기의 진동이 손가락에 전달될 때마다 할머니의 몸은 움찔움찔했다.

"아아, 아파! 뜨거워!!"

할머니는 귀중한 물건을 품 안에 숨기듯 다른 손으로 반지 낀 손을 감싸 안고 품으로 가져갔다. 난감한 상황이었다. 다른 장비들은 첫 번째 반지를 절단할 때 이미 소용이 없다는 걸 알았고 반지 절단기만 유일한 대안이었기 때문이다.

"할머니, 반지 절단기가 금속은 자르는데 사람의 살엔 상처를 못 내요. 천천히 할 테니까 조금만 참으세요. 아셨죠?"라는 말로 안심시키며 작업을 이어갔다. 달리 방법이 없었다.

딸이 할머니의 어깨를 더욱 꼭 감싸며 할머니께 잘 참고 있다며 연신 응원을 보냈다. 몇 분의 시간이 더 흐르자 반지가 툭 하고 끊어졌다. 할머니의 손가락 혈색이 원래대로 돌아왔고, 걱정으로 굳었던 딸과 할아버지의 표정도 동시에 환하게 돌아왔다.

"엄마 이제 손가락 안 잘라도 돼. 난 엄마 손가락 잘라야 하는 줄 알고 얼마나 걱정했다고. 감사합니다 선생님. 감사합니다."

순간 가슴이 먹먹했다.

작업을 다 마친 할머니께선 딸의 부축을 받으면서 일어나 세월에 구부러진 허리를 쭉 폈다. 손으론 허리를 두 번 툭툭 두드리곤 다시 허리 숙여 감사하다는 인사를 몇 번이고 건네셨다. 우리는 그때마다 손사래를 치며 "아닙니다, 아닙니다"를 앵무새처럼 반복하였다. 정문을 지날 때 센터 직원 두 명이 더 따라 나와 할머니의 가는 모습을 배웅하였다.

예전에 정말 재미있게 보았던 〈동백꽃 필 무렵〉이라는 드라마가 생각났다. 드라마에서 주인공 동백이는 술집을 운영하면서 한 아이를 키우는 미혼모로 나온다. 술집 여자로 세상 험한 소리를 혼자 감당하며 살아오던 중 용식이라는 똥개 같기도 하고 방패 같기도 한 사내를 만나 사랑에 빠지는 내용이다. 극 중에 용식이가 동백이에게 꿈을 묻는다. 동네 작은 간이역 벤치에 앉은 동백이는 분실물센터를 가리키며 말한다.

"철도 공기업 직원…… 그중에서도 딱 저기, 저기에 앉고 싶어요. 분실물센터. 저기선 다들 그런 말을 하잖아요. 뭐만 찾아주면 그러잖아요. 고맙다고…… 고맙다고들 하니까."

고맙다는 말, 감사하다는 말. 세상에 너무 흔해서 아쉬움이 없었던 말이었다. 하지만 직업인으로 살다 보면 이 말을 듣기가 얼마나 힘든지 모른다. 망원동에서 깐풍기 가게를 했을 땐 손님들한테 고맙다는 말을 백 번을 하면 열 번 정도 그 말을 되돌려 받았던 것 같다. 공무원 수험기간 동안에 나에게 "사랑합니다. 감사합니다"라고 했던 사람은 콜센터 직원밖에 없었다.

하지만 요즘 나는 수없이 그 말을 듣는다. 교통사고현장에 도착해서 요구조자(현장에 도착했을 때 구조를 요하는 사람, 즉 사고 당사자)를 구조하면 눈물이 그렁그렁한 눈빛으로 우리에게 감사의 인사를 건넨다. 화재현장에서는 도착만 해도 주민들이 고맙다고 인사를 한다.

한번은 목줄이 풀린 개가 길거리를 뛰어다닌다는 신고를 받고 출동하게 되었다. 한데 막상 현장에 도착했더니 얌전히 앉아 있는 개 한 마리가 보였고 그 옆에 어느 아저씨가 개의 머리를 쓰다듬고 있었다. 이제 오셨냐고 웃으며 인사하던 아저씨는 개를 우리에게 인도하면서 감사하다는 말을 잊지 않았다. 정작 개는 이 아저씨가 잡았는데도 말이다.

우리는 멋쩍은 웃음을 지으며 개를 번쩍 들어 구조차에 신고 아저씨께 고개 숙여 인사하고는 그 자리를 떠났다.

나는 이렇게 감사하다는 인사를 수시로 받으며 살고 있다. 내가 대단한 일을 하고 있음을 말하려는 게 절대 아니다. 내가 지금 하고 있는 일에 대해 감사함을 받는 직업이라는 것이 그저 고맙고 영광스러울 뿐이다.

우리에겐 대단히 큰일이 아니었지만 할머니는 자신의 손가락을 자를 수도 있을 거라는 걱정에 얼마나 힘드셨을까. 하지만 그 걱정을 덜어줄 수 있는 입장에 있어 얼마나 감사한지 모른다. 내 직장에서의 하루가 누군가에게 도움이 되어 행복하다. 아마 다른 소방관들도 내 마음과 같지 않을까 생각해본다.

반지를 절단한 뒤 할머니께서 음료수라도 한 잔 드시고 가셨으면 했는데 한사코 거절을 하시곤 발걸음을 옮기셨다. 지금 생각해보면 할머니 생각에 자신이 계속 남아 있으면 수고한 우리에게 민폐가 될까 봐 빨리 자리를 떠야 한다는 마음의 부담이 있었을 것이다.

감사하다는 할머니 말에 미처 대답을 못했다.

"아니에요, 할머니. 반지도 잘랐으니까 그 손으로 맛있는 거 많이 드시고 오래오래 건강하세요. 긴 시간 잘 참아주셔서 저희가 더 감사합니다."

굳은살 박인 손을 기억합니다

나름 손 관리를 하는 편이다. 딱히 네일 관리를 받는 건 아니지만 손 로션을 쓰고 손바닥에 되도록 굳은살이 없도록 신경을 쓰곤 한다. 사람들은 악수를 하면서 상대방에 대한 첫인상과 정보를 얻는다고 한다. 나는 대체로 험한 일을 하지만 누군가에게 그런 인상을 주는 것이 싫다. 내 아버지의 손바닥처럼 솔직하기 싫다.

아버지의 손은 항상 거칠었다. 조그마한 체구로 뭘 그리도 열심히 사셨는지 손바닥이 마치 사포 같았다. 그의 인생은 더 거칠었다. 호랑이 담배 피우던 시절 이야기 같겠지만 아버지는 어느 서당의 어린 일꾼으로 일을 하며 자랐다. 할아버지는 일찍 돌아가시고 재혼을 해버린 할머니 덕에 비빌 언덕조차 어린아이에겐 사치였다. 오로지 생존만을 위해 남의 집에서 종노릇하며 차가운 끼니를 해결해야 했다.

아버지는 언젠가 나무하러 산에 갔다가 지게에 나무를 너무 많이 얹어 버티지 못하고 굴러 떨어져 죽을 뻔했다던 이야기를 항상 하셨다. 지게에 작은 몸이 깔려 이틀이 지나도록 빠져나오지 못하고 소리만 질러대다 누군가 그 소리를 듣고 꺼내주었다는 그 얘기는 이제 우리 집 전래동화가 되었다.

그런 아버지가 돌아가셨을 때 나는 고작 초등학교 6학년 이었다. 작은 방에서 돌아가신 할머니의 잔상이 아직 사라지기도 전에, 효자였던 아버지는 뒤늦게 만난 할머니가 돌아가시자 내내 가슴을 치며 그리워하다 할머니의 곁으로 가버렸다. 인생의 절반을 고아로 지내게 했던 할머니가 밉지도 않았나 보다. 그땐 나중에 천국에서 볼 거란 믿음에 많이 울지도 않았다. 우리 아버지같이 착한 사람은 꼭 천국에 갈 테니까 말이다.

아버지의 시신에 염을 해주신 장의사 아저씨의 말을 나중에 어머니로부터 듣게 되었다.

"이분은 살아생전에 엄청 열심히 사셨던 분이네요. 내가 이 사람 저 사람 염을 해봐서 사람 손만 만져봐도 다 알아요. 고생 참 많이 하셨네. 편히 쉬쇼."

그 말은 나에게 아버지의 유언과도 같았다. 지금껏 많은 일을 해왔지만 나의 무기는 늘 '성실'과 '열심'이었다. 백 명이든 천 명이든 그중에 최고는 될 수 없지만, 가장 열심인 사람은 될 수 있다는 게 나의 철학이었다. 그렇게 살고 싶었다. 적어도 내 아버지를 아는 사람이 나를 볼 때 제 아비를 닮은 구석이 하나쯤은 있어야 할 테니까 말이다. 난 내 아버지가 세상에 남기고 간 흔적이니까.

가끔 사고현장에서 그런 아버지가 떠오를 때가 있다.

저 멀리서 논으로 쓰러진 10톤짜리 트럭 한 대가 눈에 들어왔다. 귀가 찢어질 듯 경적 소리를 내며 옆으로 쓰러진 트럭의 뒷바퀴가 열심히 돌고 있는 것이 보였다. 먼저 도착한 구급대원들이 운전석 쪽을 이리저리 둘러보지만 딱히 손을 쓸 수가 없어 발만 동동 구르고 있었다. 환자는 한 명. 트럭이 전봇대를 들이받으며 운전석 쪽 천장이 심하게 찌그러져 사람이 있는지조차 분간이 안 되는 상황이었다. 랜턴을 비추니 환자의 무릎이 살짝 보였다.

"유압장비 가져와!"

구조차의 옆면에 실린 유압장비들을 모두 꺼내어 트럭 앞으로 가져갔다. 유압장비는 휘발유 모터에서 나오는 동력을 전달장비의 압력으로 바꿔 차량을 자르거나 벌리는 장비이다. 장비 자체가 워낙 무거워 덩치 좋은 구조대원들도 보통 두 명이 달라붙어야 작업이 가능하다.

찌그러진 천장을 먼저 벌려야 했다. 집게발처럼 생긴 유압 스프레더를 찌그러진 틈에 몇 번이고 쿵쿵 치다가 틈에 박히면 스위치를 돌려 공간을 만들어냈다. 주변에 방해되는 것들은 제거하고 환자를 누르고 있는 천장을 조금씩 벌려 나갔다. 사람 한 명 정도 들어갈 수 있는 틈이 생기자 구급대원을 안으로 들여보냈다.

"여보세요. 선생님! 선생님! 괜찮으세요? 선생님…… 현재 의식과 반응이 없는 환자 한 명이 있습니다."

"구급대원 나오시고 최반장 네가 들어가!"

팀장님의 명령에 나는 옆문을 통해 운전석 뒤로 들어갔다. 환자는 의식이 없는 채 안전벨트에 매달려 있었다.

"목! 목! 그거 주세요 목!"

피를 흘리고 있는 환자를 보니 매번 보는 경추보호대도 막상 이름이 생각나지 않았다.

"야! 침착해! 천천히 천천히. 오케이?"

팀장님의 말에 정신을 가다듬고 천천히 작업을 시작했다. 밖에서 차체를 벌릴 수 있는 데에는 한계가 있었다. 내부에서 공간을 만들어야지만 환자를 꺼낼 수 있을 것 같았다. 유압램을 설치하기 위해 차량 내부에 있는 짐들을 하나둘씩 밖으로 빼내기 시작했다.

운전석 뒤쪽에 어린아이의 가방 비슷한 물건이 보였다. 짙은 무채색의 백팩을 만져보니 안에 빈 플라스틱 통 같은 게 느껴졌다. 텅텅거리는 것이 그 안에 빈 도시락이 있을 거란 생각이 들었다. 어린아이가 있는 것일까. 가끔 부모님들은 아이의 물건을 쉽게 버리지 못하고 본인들이 쓰곤 하니까.

유압 램을 설치하려면 받침점을 찾아야 했다. 쉽게 부서질 바닥면은 손으로 뜯어 제거했다. 가죽시트가 덮인 보조의자를 뜯으니 그 안에 있는 물건들이 쏟아져 나왔다. 먹다가 남은 귤, 자일리톨 껌통, 온갖 에너지 드링크, 식기도구, 가족사진…… 졸음과 싸우며 열심히 살아온 삶의 흔적이 주변에 가득했다.

"팀장님! 다리는 차량에 안 끼인 것 같아요. 제가 한번 들어서 빼볼게요."

환자의 등 뒤로 가서 그를 온몸으로 껴안아 잡았다. 그때 피 묻은 울퉁불퉁한 그의 손을 보았다. 손바닥에는 굳은살이 여기저기 붙어 있어서 장갑을 낀 내 손만큼 두꺼웠다. 투박하고 거친 그의 손은 내 아버지의 손과 닮아 있었다.

어릴 적의 나는 아버지의 손은 싫었지만 날 쓰다듬던 아버지의 손길은 좋았다. 딱딱하고 거칠었지만 따뜻했다. 날 보며 똑똑하다고 우리 집안에 만물박사가 나왔다며 머리를 쓰다듬을 때면 그 손길이 더욱 좋았다. 나와 누나만큼은 에어컨 밑에서 찬바람 쐬며 일하는 공무원이 되라고 말씀하셨다.

사실 그리 똑똑한 편도 아니었는데 아버지는 자신의 바람을 넣어 주문을 걸었던 것 같다. 아마 자신의 손만큼은 아들이 닮지 않길 바라는 마음이지 않았을까. 그래서 난 내 손이 딱딱해지는 게 싫다.

"형! 안전벨트 자를까?"

"어. 잘라!"

안전벨트가 툭 끊어지며 그의 체중이 나의 몸에 온전히 실렸다. 심호흡을 몇 번 하고 굽은 허리를 펴 그를 운전석에서 빼냈다. 그의 몸을 붙들고 뒤로 벌러덩 넘어졌지만 다행히 환자의 몸이 운전석에서 빠졌다.

뚫린 전면 유리창으로 노란 들것이 들어왔다. 안전하게 그가 들것에 올라갈 수 있도록 그의 허리 쪽을 받쳐 들었다. 그러곤 두 손을 가지런히 배 쪽에 모았다. 조심히 들것과 함께 밖으로 빠져나와 다시 보니 나와 비슷한 나이의 사내였다.

다음날 아침 구급대원으로부터 그의 사망 소식을 전해 들었다. 너무 허탈했다. 아직 그의 온기가 내 몸에 남아 있는데 잘 지내란 인사도 없이 떠난 그가 한편 야속하기도 했다. 작업하는 내내 조금만 참아달라는 내 말이 들리지 않았나보다. 결국 난 그의 마지막 증인이 되었다.

그가 누구인지 어디에 사는지조차 모르지만 그의 마지막 모습을 기억한다. 언젠가 그의 아이가 자라서 아버지의 삶을 궁금해하는 날이 온다면 참 열심히 사셨던 분이라 말해주고 싶다. 어떤 손을 가졌는지도 알려주려 한다. 그날의 기억이 퇴색되지 않도록 글을 남긴다.

당신은 누구십니까.
세상에 무엇을 남기고 그리도 서둘러 가십니까.
이제 곧 겨울인데 추운 날도 몇 해 더 겪고
슬픈 날, 기쁜 날도 손으로 더 헤아려보고 가시지
뭐가 급해 먼 길을 그리 급히도 떠나십니까.
당신이 살았던 이곳의 삶은 어땠습니까?
도로 위에서 웃고 울고 떠들었던 그 삶은 만족하십니까.

걱정 마십시오. 당신이 살아온 삶은 유산이 되어 당신의
이름과 함께 기억될 테니 말입니다.
그리고 제가 당신을 기억합니다.
이젠 몸에도 안 좋은 에너지 드링크 그만 마시지요.
그동안 참 고생 많았습니다. 편히 쉬십시오.

안 무섭다는 거짓말

덜컹거리는 구조차 안에서 나는 깊은 무력감을 경험한다. 멀미가 찾아와 나를 더욱 힘없고 어지럽게 만들었다. 뒷자리의 온도, 옷에 밴 불 냄새, 차의 흔들림, 혼이 빠져나간 몸. 멀미하기에 이만큼 좋은 환경이 또 있을까. 아무도 다친 사람 없이 불을 끄고 돌아가는 길인데 나만 말 한마디 섞지 않고 차창유리에 머리를 콩콩 처박고 있었다. 초점 없이 창밖을 보며 나에게 속삭인다.

"아…… 답이 없다…… 답이."

나에게 무슨 일이 일어난 걸까?

작은 시골집이었다. 야간에 화재신고를 받고 최대한 신속하게 현장에 도착했지만 불은 이미 가옥 전체로 번져갔다. 마을 입구에서부터 불 냄새가 가득한 것이, 눈을 감고 찾아가라 해도 금세 찾을 수 있을 것 같았다. 우리는 구조차에서 내려 개인 도끼와 방화문 파괴기 등을 챙겨 길을 나섰다. 시골 마을은 길이 좁고 구부러져서 구조차를 현장까지 바짝 댈 수가 없다. 펌프차들이 최대한 가까이 진입하고 그다음 구급차, 구조차는 늘 멀찌감치 대고 걸어간다.

마을에 가득한 불 냄새와 피어오르는 연기에 마음이 급해졌다. 화재현장 앞에는 펌프차에서 내린 소방관들이 호스를 전개하고 펌프차의 수압을 올리고 있었다. 우리가 도착한 시점에 방수 준비가 다 되었는지 곧 물이 불길을 향해 쏟아졌다.

"구조대 인명검색!"

구조대의 주임무는 화재현장에서 혹시 못 빠져나온 사람이 있는지 샅샅이 검색부터 한 뒤 구조해내는 것이다. 보통 구조대 차량이 도착하기 전에 건물 주인이나 관계자에게 내부에 사람이 있는지를 물어보고, 인명검색 여부를 판단하여 지휘관이 명령을 내린다. 하지만 이번 화재는 목조 골재로 된 시골집 불이 삽시간에 번진 터라 현장에 도착하는 동안 화재현장에 대한 정보가 마땅히 없었다.

관창을 하나 들고 건물로 진입했다. 불과 연기로 가득 찬 건물 안쪽을 불나방처럼 돌아다니다 보면 길을 잃을 수 있다. 그래서 매뉴얼상 꼭 2인 1조로 관창을 들고 건물 안에 진입하고는 하는데, 이 집은 초입부터 하얀 연기와 수증기에 휩싸여 시야를 전혀 내주지 않았다. 어깨에 멘 휴대용 탐조등을 켰지만 앞은 전혀 보이지 않고 빛이 연기에 분산되어 흡사 희미한 과거의 기억 속에 홀로 서 있는 기분이었다. 기억을 더듬듯 무릎을 꿇고 바닥을 더듬으며 혹시 연기를 마시고 쓰러진 사람이 있는지 찾기 시작했다.

손으로 더듬으면서 방의 윤곽을 머리로 그려보지만 쉽지

가 않았다. 이 정도 높이면 분명 침대가 될 텐데, 가늠하며 더 듬다가 갑자기 화염이 얼굴을 덮쳐 귀가 데인 듯 뜨거워졌다 (화재 속에선 귀가 온도에 먼저 반응한다). 잘 보이진 않아도 사람이 없는 건 확실했다. 방향을 틀어 왼쪽을 더듬어갔다. 무언가 둥그런 물체를 더듬다 빛을 비춰보니 LPG 가스통이었다. 너무 놀라서 발을 헛디뎌 넘어질 뻔했다.

이쯤이면 방의 끝에 다다른 듯했다. 나는 들어왔던 동선을 거꾸로 이동해 방을 빠져나왔다. 옆방으로 가는 길목은 마치 도자기를 굽는 토기 방 같았다. 다른 루트로 진입을 시도했다. 이곳엔 다른 소방관들이 들어와 천장과 벽면에 물을 뿌리고 있었다. 조금 안심이 되었다. 이 사람들이 있어 내가 여기서 타 죽을 일은 없겠단 생각이 들었다. 그 안을 나는 또다시 더듬어가기 시작했다.

불길은 모두 잡혔고 모락모락 수증기만 피어났다. 구조대는 마지막으로 지붕 위로 올라가 지붕을 뜯으며 불씨를 찾아 진화 작업을 계속해나갔다. 시골엔 나무 골격에 기와를 얹은 구조가 아직도 많다 보니 불이 어디에서 시작이 되었든 가장 위쪽인 지붕에 불씨가 남게 된다. 그 불씨마저 완전히 꺼졌다는 것을 눈으로 확인했을 때 화재가 완전히 진화되었다고 결정하게 된다.

화재는 진화되었고 현장대응단은 구조대 복귀를 명령했다. 구조차로 복귀한 우리는 차 앞에서 서로 격려하며 방화복을 벗었다.

"반장님 수고했어요!"

"아 예. 반장님도 고생 많았어요. 옷이 엉망이네요. 에잇."

그 말을 듣고 나도 고개를 숙여 옷 상태를 보았다. 옷만 보면 혼자 불 다 끄고 온 사람처럼 재를 온통 뒤집어써 발끝부터 새까맣게 변해버렸다. 방화복을 벗고 구조차 뒷자리에 올라앉아 안도의 한숨을 쉬었다.

하지만 좀 전에 화재현장의 기억이 다시 떠오르면서 곧 다른 의미의 한숨이 깊게 내쉬어졌다.

'불 앞에서 아주 잠시 망설였다.'

왠지 눈 앞의 화재가 너무 크게 느껴졌다. 불이 꺼지고 들어가면 좋겠지만 그렇게 되면 내가 하는 일에 의미가 없어진다. 집 안에 사람이 쓰러져 있다면 내가 빨리 들어갈수록 살아날 확률이 높다. 하지만 내가 위험해질 확률도 높아진다.

내가 하는 일은 혹시 있을 생존자의 위험과 나의 위험을 시소 양 끝단에 놓고 늘 나의 위험 쪽으로 무게를 싣는 일이다. 우린 보통사람들이 등을 지고 피하는 반대의 방향으로 가는 사람들이기 때문에 당연하듯 들어가지만 소방관도 사람이기에 고민도 되고 두렵기도 하다.

예전 소방학교에서 군대 동기가 해준 말들이 떠올랐다. 소방학교에서 신입소방사 과정에 있을 때 드론 교육을 받으러 온 군대 동기들을 만났다. 오랜만에 모인 술자리에서 솔직한 이야기를 들을 수 있었다. 내가 물었다.

"야. 광역시는 사건이 많다며? 맨날 사고현장 나가고 불 끄러 다니려면 엄청 힘들겠네."

"그냥 특전사 때랑 똑같지 뭐."

"얘 구조대 차선임이야. 우리 중에 제일 오래됐잖아."

테이블 너머로 술잔을 기울이던 다른 친구가 말했다.

모두가 특전 병아리이던 때에 이 친구는 유독 덩치가 작고 순딩순딩했다. 그랬던 애가 산전수전 다 겪은 10년 차 구조대원이라고 하니 10년이면 강산도 변한다는 말이 새삼 와 닿았다. 헐크가 된 팔뚝으로 술잔을 집어들 땐 곧 터질 것 같은 남방이 불쌍하게 보일 정도였다.

"그럼 너는 이제 불에 들어가도 안 무섭겠다. 그치?" 내가 물었다.

"안 무섭긴~ 매번 무섭지. 낙하산 타는 거랑 똑같아."

우리만 알아들을 수 있는 언어에 다들 묵묵히 술잔을 입에 털어 넣었다.

그때 들었던 동기의 말을 오늘도 현장에서 느껴보니 이건 시간이 지난다고 익숙해지는 건 아니겠단 생각이 들었다. 나의 망설임이 부끄럽기도 하고 속상하기도 했다. 이런 사실을 모르는 내 지인들은 멋진 일을 선택했다며 엄지를 치켜들었다.

그들 앞에선 늠름한 척하고, 불 속에선 또 장님처럼 헤맬 내 모습을 생각하니 마음이 복잡하고 무기력해졌다.

매번 나의 위험에 무게를 싣는 쪽을 선택하겠지만, 진실의 순간 속 내 모습은 이렇게 나약하고 불안했다. 선배들은 "공도 십 년 굴리면 구력이란 게 생긴다. 소방관 일도 나중엔 그 관성으로 하는 거니 걱정 마라"고 이야기를 하지만 위로가 되지 않았다. 그저 나는 속으로 내게 '안 무서웠다'는 거짓말을 하고 있었다.

사무실에 돌아와 보니 업체에 요청했던 면체(호흡 마스크) 교체용 렌즈가 도착해 있었다. 5개 요청했는데 6개가 들어 있는 걸 보니 하나는 서비스로 넣어준 듯했다. 먼지가 잔뜩 묻은 내 면체를 꺼내어 닦다가 보니 렌즈에 잔 기스가 잔뜩 난 게 보였다. 이래서 안 보였나 싶어 렌즈 옆에 나사를 풀어 새 것으로 갈아 끼웠다. 김서림 방지 필름도 안쪽에 붙이고 나니 새것처럼 반짝거렸다.

기념으로 한번 써보고 차고에 나가 여기저기를 두리번거렸다. 훨씬 선명한 게 느껴졌다. 라식 수술을 하면 이런 기분일까? 적어도 다음 화재엔 앞이 더 잘 보일 것 같아 조금 힘이 났다. 힘을 낸다.

저승사자의 자비

봄철 간절기에 농부들이 논두렁에 불을 놓다가 불이 옮겨 붙는 바람에 화재가 일어나는 경우가 제법 발생한다. 이런 경우 출동하게 되면 한쪽에선 물을 뿌리고 다른 쪽에선 소방관들이 갈고리로 논밭에 흩어진 불씨들을 마치 할아버지의 등짝을 긁듯이 박박 긁어댄다.

불을 놓은 할아버지는 콧등에 식은땀이 송골송골 맺힌 채 물끄러미 우리를 바라보신다. 사람 구경하러 마실 나온 흰둥이만 괜히 할아버지의 발사위에 놀라 그 길로 귀가를 한다. 큰 불 아니니까 걱정 마시라는 위로에 허리가 아프시다는 답변이 돌아온다.

그런 봄을 지나 여름으로 갈수록 '화재 출동'이 점점 줄어들고 '개 출동'의 시즌으로 넘어간다. 이때부턴 살짝 소방관이라는 정체성에 혼란이 올 만큼 무수히도 개를 잡으러 다닌다. 개들이 뛰니 소방관들이 뛰고 멧돼지도 뛰고 뱀도 고양이도 등등…… 진심 지구 생명체들의 생기가 넘쳐난다.

'말벌 출동' 시즌이 오기 전에 저 개들을 전부 소탕하면 좋을 텐데, 이른바 취업 걱정, 결혼 걱정이 없는 시골개들은 서로 사랑하고 번식하느라 이곳저곳을 뛰어다닌다. 남원이 사랑의 도시가 맞긴 한가 보다.

　개 출동은 인명구조에 비해 매우 시급하거나 중요한 출동은 아니다. 출동 요청이 들어오면 신고자에게 전화를 걸어 상황이 어떤지 물어보고 그에 맞는 장비를 구비한 뒤 출동하는 것이 보통이다. 목줄이 풀린 채 길거리를 돌아다니며 사람들을 위협한다는 신고가 제일 많고 농가에 피해를 준다는 신고도 많이 들어온다.

　목줄이 풀려도 주인이 있는 경우가 있고 들개인 경우가 있는데 그 판단은 우리의 몫이 아니다. 시청 축산과에 인계를 하면 유기견 보호센터에 연결하여 공지를 띄우고 개 주인이 찾아갈 수 있도록 한다. 정확한 기간은 모르지만 일정 기간 동안 개 주인이 나타나지 않으면 주인이 없는 것으로 간주하고 안락사를 시킨다고 한다.

　우린 사람의 편에서 일을 하기 때문에 좋은 소리를 듣지만 개들 입장에선 저승사자나 다름이 없다. 가끔 저승사자를 몰라보고 짖는 동네 개들이 있는데 난 잠시 멈춰서 개들한테 '목줄을 생명줄이라 생각하고 꼭 붙들거라' 당부하고 간다. 물론 못 알아듣고 몸까지 부르르 떨면서 더 세차게 짖는다.

　바람이 살랑살랑한 어느 휴일 오후에 족구가 예약되어 있었다. 소방서라고 해서 특별히 족구를 많이 하는 편은 아니지만 족구를 좋아하는 사람들은 엄청 많다. 2층에 있는 주임님들은 소방서 뒤쪽에 공 튀기는 소리 두 번만 나도 창문 밖으로 머리를 쓰윽 하고 내미신다. 낚시로 치자면 낚시터에 앉아 낚싯대를 조립하는데 그 소리를 듣고 물고기가 물 밖으로 입을 내미는 격이다. 사람이 없어 족구를 못했던 적이 없다.

선크림을 얼굴과 머리통까지 바르고 바지 양 끝단을 무릎까지 올려 족구 준비를 마쳤다. 공놀이는 잘 모르지만 서브만큼은 늘 바닥에 그어진 족구 라인 밖에서 넣는다. 금 밟고 돌아가셨다는 소문이 자자했던 통키 아버지 같은 실수는 하지 않는다.

서브를 넣으려는 찰나, 갑자기 구조출동 신호가 울렸다. 사무실로 뛰어가 모니터에 뜬 출동지령을 보니 또 개 출동이다. 목줄 풀린 개가 오늘도 부지런히 뛰어다닌단다.

혹시 몰라 마취약도 챙겨서 구조차에 몸을 실었다. 덜컹거리며 달리던 구조차가 남원 시내로 진입했다. 웬만한 트럭들도 초라해질 만큼 구조차는 꽤 크기가 크다. 내부엔 수억에 달하는 온갖 장비들이 실려 있고, 차량 뒤쪽에는 4인용 보트를 구조차 지붕에 올리고 내리는 크레인까지 설치되어 있다. 높이도 꽤나 높아서 구조차에 탑승할 땐 매번 등반 비슷한 걸 경험하는 느낌이다.

지령서에 찍힌 장소 즈음에 경찰차 한 대가 세워져 있는 것이 보였다. 그 옆에는 착하게 생기신 아저씨 한 분이 더 착하게 생긴 개 한 마리의 머리를 쓰다듬으며 우리에게 손짓을 했다. 구조차에서 헬멧을 쓰고 장갑을 낀 뒤 "웃샤" 소리와 함께 이번엔 하강하듯 차에서 뛰어내렸다.

"신고하신 분이시죠?"

(개 머리를 쓰담쓰담하며) "아 예."

보통 개 출동을 나가면 착하게 생긴 개라도 사람들을 엄청 경계하거나 아님 갈색 먼지를 휘날리며 몽골 야생말마냥 뛰어다니는데 이번 개는 뛸 의욕도 없고 사람을 해칠 마음은 콩알만큼도 없어 보였다. 마취약을 든 한쪽 손이 민망해졌다.

"개가 엄청 착하네요잉. 딱 봐도 누가 키우다 버린 거 같은데요잉."

팀장님은 말끝에 '~잉'을 붙여 지역 사투리로 신고자와 소통을 시도했다. 신고자는 길거리에 개 한 마리가 목줄도 없이 돌아다니길래 사람들이 위험할까 봐 신고를 했는데 의외로 개가 순해서 도망 못 가게 붙들고 있었다고 한다. 눈곱이 다크서클처럼 내려온 개도 피곤한지 딱히 도망갈 생각이 없어 보였다.

신고자에게 인사를 하고 개를 번쩍 들어 안아 구조차에 태웠다. 차에 오를 때만 파닥거리곤 또다시 얌전히 앉아 있는 것이었다. 옆에 앉은 팀원은 개를 이리저리 보더니 비싸 보이는 종 같다고 인터넷으로 비슷한 종의 개들을 검색하기 시작했다.

자세히 보니 얼굴에 시바견이 조금 있고 치와와도 조금 있는 게 하나로 정의하기엔 복잡한 가족사가 그려졌다. 뭐 개들뿐이랴. 예전에 아프리카 우간다에 교환학생으로 있을 때 우간다 지인 중에 총명한 친구가 하나 있었다. 그는 자신의 어머니가 약국을 운영하신다고 했다. 언젠가 그와 이야기하던 중 어머니가 초등학교 선생님이어서 자긴 어머니한테 수업을 받았노라며 정말 끔찍한 경험이었다고 말하는 것이었다. 훗날 다시 여행을 하다가 그 친구 동네에 놀러 갔을 때에는 자신의 어머니가 운영하는 식당이라며 우리를 안내하기도 했다.

나는 농담으로 "넌 어머니가 여러 명이라도 되냐"라고 물었다. 이윽고 "네 명"이라는 대답과 함께, 그중에 자신을 낳아준 어머니는 돌아가셨다고 덧붙였다. 그 뒤로 다시는 아프리카 친구들의 가족사를 묻지 않았다.

소방서에 도착해 개를 묶어놓기 위해 소방서 뒤편의 나무가 심어진 곳으로 개를 데려갔다. 개는 강아지라기엔 좀 큰 '청소년 개'쯤 돼보였다. 데리고 오는 내내 팀원들은 개가 너무 예쁘고 착한데 키울 수 있는 여력이 없어서 아쉽다고들 이야기했다.

내가 보기에도 몸도 매끈하고 눈도 초롱초롱한 게 너무 아깝다는 생각이 들었다. 죽기에 아깝다는 생각 말이다. 개를 묶어놓고 다음날 시청에 인계를 하면 주인이 나타나지 않는 한 이 개는 죽을 운명이었다. 개를 나무에 묶으려 하자 개도 몸을 파르르 떨면서 두려움을 드러냈다.

팀장님은 이 개가 도망을 가면 어쩔 수 없지만 우리 임무는 개를 정해진 절차대로 인계하는 것이기 때문에 임무에 충실해야 한다고 말씀하셨다. 맞는 말이다. 불쌍하다고 우리가 개를 풀어줄 수는 없는 일이다. 가져온 빨랫줄로 나무에 개를 묶어놓고 우린 다시 출동대기 상태로 돌아갔다.

또다시 선크림을 얼굴과 머리통까지 덧바르고 족구시합을 이어갔다. 발로 받는 게 시원치 않아서 헤딩을 많이 하다 보니 내 선크림이 온통 족구공에 묻어 이젠 족구공도 자외선을 피할 수 있게 되었다. 그렇게 한참을 족구에 집중하고 있는데 누군가가 외쳤다.

"어? 개 풀렸다!"

개 있는 쪽을 바라보니 그 개는 멀뚱하니 서서 눈만 깜빡깜빡하고 우리를 바라보고 있었다. 마치 마지막 인사라도 하듯 우리와 눈을 모두 맞춘 후 뒤돌아 산 쪽으로 호로록 도망치는 것이었다. 다시 잡을 새도 없는 찰나의 시간이었고 혹 잡으러 뛴다 해도 두 발로는 네 발 짐승을 따라잡지 못한다.

"야~ 쟤는 살 팔자인가 보네잉."

아무런 일이 없었다는 듯 우린 일인당 천 원씩이 걸린 족구를 마무리해 나갔다.

가끔씩 소방서와 이웃한 옆집 개 땡칠이가 친구들을 데리고 소방서로 놀러오곤 한다. 새로 데려온 개들이 있을 때마다 그때 뒷산으로 도망간 눈곱이 유난히 길었던 그 녀석이

섞여 있진 않은지 유심히 볼 때가 있다. 나도 마당이 있는 집에 살았으면 그 녀석이 우리 집 식구가 될 수 있었을 텐데 아쉽게도 내 집은 원룸이다. 너무 착했어서 가끔씩 그 녀석이 생각난다.

그리고 솔직히 말을 하자면…… 나는 봤다.

족구할 때 자꾸 시선 끝에 부스럭거리는 놈이 걸려서 쳐다봤더니 그 눈곱 개가 탈출을 시도하고 있었다. 앞발 한쪽은 나왔는데 다른 쪽이 나오지 않아서 뒹굴뒹굴하고 있는 모양이었다. 그때 다가가서 풀린 매듭을 꽉 조이고 왔더라면 지금쯤 하늘나라에 있었겠지. 근데 그냥 못 본 체해줬다.

드라마 〈도깨비〉에서 저승사자가 힘겹게 열심히 사는 사람들을 슬쩍 못 본 척하고 지나가고, 영화 〈신과 함께 2〉에서도 지박령으로 나오는 마동석이 할아버지가 운명하는 시기를 늦추려 소동을 피우지 않았나.

그거랑 비슷한 거다. 주인을 잘못 만났을 뿐이지 이 녀석은 크게 잘못을 한 건 없었다. 어쨌든 나도 애네들한테는 저승사자니까 그냥 자비나 응원, 그런 거 해준 거다. 개한테도 인생이 있다면 결혼도 하고 새끼도 키워봐야 하지 않을까 해서 말이다.

"그러니까 야! 행복하게 잘 살아라! 또 잡혀서 오지 말고. 이왕 다시 사는 거 지리산 들개의 우두머리가 되거라! 눈곱 좀 떼고 인마……."

노래방 사장의 뒷모습

'방역 위반 업소 방화문 개방.'

출동벨이 울리고 지령서 PC에 사건 내용이 떴다. 처음 보는 지령이었다.

구조대는 종종 '시건개방'이라는 이름으로 문이 잠긴 현장에서 문을 장비로 개방하는 일을 수행하기도 한다. 이유는 여러 가지다. 자살이 의심되는 사건이나 노부모와 연락이 되지 않아 안부 확인을 위해 개방해달라는 신고가 제일 많다. 그 외에 경찰 협조 건도 있다.

한번은 경찰 협조 건으로 출동을 나갔다가 가죽재킷을 입은 형사들에 둘러싸여 현관문을 개방한 적이 있다. 문 앞에서 형사들이 범인에게 문 열고 자수하라고 소리치는데, 우리가 문을 따면 범인이 칼 들고 뛰쳐나올까 봐 맘 졸였던 기억이 있다. 하지만 문이 열리자마자 형사들이 우르르 들어가 우당탕탕 하더니 곧바로 사건이 종결되었다.

고개를 빼꼼 집어넣고 그 현장을 지켜본 팀원의 말에 의하면 범인은 베란다에 기대고 앉아 마지막 담배 연기를 하늘로 내뿜고 있었단다. 그 모습이 영화 〈신세계〉의 한 장면 같았다고 표현했지만 현실은 교도소 입소 전 마지막 담배였다.

'방역 위반 업소 방화문 개방'이라는 지령을 받고 구조차에 올라타서 태블릿PC로 자세히 보니 주소는 모 노래방이었고 남원시청의 협조 건이었다.

"남의 업소 문을 개방해달라고? 그래도 되나? 경찰도 없이."

나름의 경험 데이터로 볼 때 이건 안 될 일이라며 혼자 중얼거렸다.

"최반장! 현장 도착하면 문 개방 동의서 시청 직원한테도 받고 건물주한테도 받고 여기저기 받아. 경찰 없으면 주거침입이니까 남의 집 문 열 때는 확실히 해둬야 뒤탈이 없어."

팀장님의 말에 깜짝 놀랐다. 혼잣말을 했을 뿐인데 거기에 맞는 대답을 척척 해주셨다. 습관처럼 뒷머리를 긁으며 운전하시는 소방 짬밥 24년 차 팀장님 모습에 잠시 빛이 났다.

남원 구시가지에 있는 불 꺼진 2층 건물 앞에 도착하였다. 주변 상점들도 일찌감치 영업을 종료하고 문을 닫는 분위기였다. 우린 방화문을 열 수 있는 장비들을 챙겨 2층 노래방으로 올라갔다. 문 앞엔 경찰과 시청 단속 직원들이 우리가 오기를 숨죽이며 기다리고 있었다.

"안녕하세요. 구조대입니다." 어둠 속에 속삭였다.

"예 안녕하세요. 여기가 영업 제한시간이 지났는데도 노랫소리가 들린다는 신고가 들어와서요. 혹시나 안에서 문을 안 열어주면 따주실 수 있는가 해서 불렀어요."

직원의 말이 끝나기 무섭게 경찰이 문을 두드리며 내부에 사람을 부르기 시작했다.

"경찰입니다. 노랫소리가 들린다는 신고를 받고 왔어요. 문 좀 열어주시죠."

문 너머로 쥐 발자국 소리 같은 게 들렸다. 수차례 경찰이 소리쳤음에도 문은 여전히 열리지 않았다.

"개방하시죠."

경찰의 말에 구조대는 최대한 문에 손상이 없도록 개방해 나갔다. 문고리를 제거한 구멍에 송곳과 일자 드라이버를 넣고 돌리는 순간 노래방의 문이 판도라의 상자처럼 열렸다. 내부는 불이 꺼져 있었지만 묘한 기운이 감돌았다.

팀장님께선 경찰이 수색을 도와달라고 하기 전까지 구조대는 움직이지 말라고 명령했다. 경찰과 시청 직원들이 들어가 노래방 내부를 돌아다녔지만 작은 휴대폰의 불빛으로는 어려움을 겪는 것 같았다. 궁지에 몰린 사람들이 갑자기 튀어나와 해코지를 할 수도 있는 상황이기에 경찰도 곧 우리에게 도움을 요청했다.

우린 자동차 써치 라이트처럼 밝은 휴대용 탐조등을 들고 노래방 내부에 진입했다. 밖에서 봤을 때 작은 건물 같아 보였는데 꽤나 많은 룸이 있었다. 아니나 다를까 곧 수상한 룸을 발견했다. 노래방 기계는 꺼져 있었지만 테이블 위에는 술이며 담배, 안주들이 가득했다. 누가 봐도 방금까지 술을 마시던 흔적이었다. 그런 방은 또 하나 발견되었다. 술잔을 세어보니 얼추 13명 정도의 사람이 그 시각에 노래를 부르며 신나게 놀았던 것이다. 엄연한 방역수칙 위반이다.

룸들이 연결되어 있는 복도 끝에는 건물 뒤로 빠져나가는 문이 존재했고 이미 사람들은 그 문을 이용하여 사라진 상태였다. 방화문 밖에서 들었던 쥐 발자국 소리가 사람들 발자국 소리였던 것이다. 난 그 소리가 나만 들은 환청인 줄 알고 무서워했는데 사람들이었다는 게 확인되자 오히려 안심이 되었다.

그렇게 수색이 마무리되는가 싶었는데 복도 반대편 쪽에 있는 문에서 고개를 갸웃거리며 나오는 팀원이 보였다. 그 광경을 보고 시청 직원 한 명도 그 문으로 따라 들어갔다가 얼마 후 덤덤한 표정으로 나왔다. 나는 처음 노래방에 진입할 때부터 그 문 쪽 내부를 한번 둘러본 터라 별로 궁금하지 않았다. 그냥 지나치려는데 팀원이 내 어깨를 잡더니 저 안에 사람이 있는 거 같다고 슬쩍 이야기를 던졌다.

휴대용 탐조등을 들고 있던 나는 다시 그 안을 비춰 보았다. 내부는 아까와 똑같았다. 외부 유리창과 시멘트 벽면 사이의 쓸데없는 공간을 창고처럼 쓰는 듯했고, 시멘트 벽과 바닥이었던 공간은 협소한 긴 통로처럼 되어 있었다. 너무 비좁아서 들어갈 엄두가 나질 않는 퀴퀴한 곳이었다.

탐조등만 다시 이리저리 비추는데 좁은 길 끝에 무언가가 덜덜 떨고 있는 것이 보였다. 그러더니 착착 소리를 내며 앞으로 움직였다. '뭐야! 귀신인가?' 자세히 보니 사람 엉덩이였다. 몸통과 머리는 숨겼는데 엉덩이를 숨길 만한 엄폐물은 없었던가 보다.

"뭐예요?" 경찰이 내 쪽으로 걸어오면서 물었다.

"음…… 경찰관님이 와서 보셔야 할 것 같은데요."

그 안에 있던 노래방 사장은 "아이고, 너무 무서워요. 너무 무서워요"를 연발하며 경찰에 인계되었고 사건은 일단락되었다.

사건이 있고 한참의 시간이 지난 어느 날, 불현듯 그 사장님의 엉덩이가 생각났다. 마치 사냥꾼에 쫓기는 사슴이 머리만 수풀 속에 집어넣고 벌벌 떠는 모습이 떠올라 안쓰러웠다. 우리는 정의의 사도나 되는 것처럼 노래방을 들쑤시고 다녔지만 막상 겁에 질린 업소 사장님을 마주하니 여러 가지 생각과 감정이 교차했던 게 사실이다. 이것은 마치 연민 같기도 하고, 뭐랄까, 공감이라고 해야 할까. 코로나 시대를 함께 살아가는 사람으로서의 공감. 그리고 자영업자로 살아보았던 사람으로서의 이해.

나도 자영업자로 산 적이 있다. 서울 회기동에서는 삼겹살 김밥을 파는 푸드 트럭커였고, 망원동에서는 깐풍기 가게를 운영했다. 매일매일 손님들에게 밝은 에너지를 전하기 위해 웃었고 인사도 열심히 했다. 지나가는 동네 강아지한테도 매일 인사를 건넸다.

하지만 장사의 길은 결코 쉽지 않았다. 누군가 그런 말을 했다. 장사를 한다는 건 내가 만든 감옥에서 옥살이를 하는 것과 똑같다고. 매일 같은 시간, 같은 자리에 서서 긴장을 놓을 수 없는 매우 외로운 길이었다.

외롭기만 하면 괜찮은데 문제는 늘 돈이었다. 자기 건물에서 장사를 하지 않는 한 월세의 압박에서 벗어날 수가 없다. 월세, 수도세, 전기세, 가스비, 세금 등 내야 할 돈들이 이렇게 많은데 들어오는 돈은 왜 이리도 들쑥날쑥이던지.

비 오는 날이 제일 싫었다. 비가 오면 바깥에 지나다니는 사람들 자체가 보이지 않기 때문이다. 손님은 날씨가 더워도 없고, 너무 추워도 없었다. 날씨가 따뜻한 날엔 다들 데이트하러 먼 길을 떠나기에 또 사람이 없었다. 이렇게 손바닥에 올려놓고 입으로 후 불면 날아가는 게 바로 장사였다.

그러던 와중에 지금 코로나로 2년 가까이 이러고 있으니 저 사장님의 시커멓게 탄 속이 사람의 속일까 말이다. 그때 나는 내 몸 하나만 건사하면 됐는데 딸린 식구라도 있는 사람이라면 진짜 도둑질이라도 하고 싶은 마음이지 않을까 생각이 든다. 이 노래방 사장님도 진짜 오죽했으면 잘못인 줄 알면서도 손님을 받았을까 싶었다.

코로나로 모두가 힘든 시기를 보내고 있다. 자영업은 망하고 취업은 안 되고 주식은 땅바닥이다. 심지어 옆옆 나라는 전쟁 중이다.

혼란의 시기에 유혹의 손길이 더 달콤하게 느껴지겠지만 '아무리 그래도 죄는 짓고 살지 맙시다'.

고인의 얼굴

보통 구조현장에 도착하면 각자 해야 하는 최소한의 행동 매뉴얼이 있고, 팀장님이나 선임의 리드에 따라 작업을 진행한다. 매끄러운 현장 작업을 위해 종종 테이블에 모여 특정 사고현장을 예로 놓고 순서와 임무를 정하며 시뮬레이션을 한다. 늦은 밤 우린 목을 매단 자살에 대하여 의견을 나누었다.

"내가 이반장보다 1년 먼저 들어와서 구조대 생활을 했잖아. 시체를 몇 번 봤는데, 솔직히 다 괜찮다. 왜냐하면 우리는 돌아가신 분들을 수시로 마주하는 게 일이잖아. 그런데 고인의 표정을 보면 안 잊히더라. 고인이 돌아가실 당시에 얼마나 고통스러웠는지 그 표정이 다 말해주거든. 그러면 그게 마음에 남아. 그러니까 웬만하면 얼굴은 보지 마."

"그럼 작업할 때 제가 사고자 다리를 잡아서 들고, 반장님이 목에 매인 끈을 자르는 건 어떻습니까?"

"어? 다리 잡고 드는 게 더 힘들 텐데 왜?"

"끈 자르려면 얼굴 봐야 되지 않습니까. 저 마음 약해서 죽은 사람 얼굴 못 봅니다."

"어? 어…… 그래."

정보를 하나 알려주고 세상 사는 지혜를 하나 얻은 기분이었다. 팀장님이 우리를 보고 맨날 '덤 앤 더머'라고 놀렸는데, 당분간 그 별명을 유지하겠다는 생각이 들었다.

아파트 1층에서 말로 설명할 수 없는 악취가 난다고 신고가 들어와서 출동을 했다. 경험이 많은 팀장님은 단번에 어떤 사건인지 알고 우리에게 물었다.

"누가 들어갈래?"

"예! 제가 하겠습니다."

"최반장은 경험이 있을 테니까 보조를 하고, 웬만하면 이반장이 먼저 들어가."

"예. 알겠습니다." 이반장과 나는 거의 동시에 대답을 했다.

요즘 이렇게 집 문 앞에서 무언가 썩는 냄새가 난다 하면 대부분 고독사라고 했다. 가족들의 기대와 사랑으로 세상에 눈을 뜨는 인간은 가끔 이렇게 홀로 무관심 속에 눈을 감기도 한다.

아파트에 도착하니 동네 꼬마들이 신이 나서 무슨 일이 있느냐 물었다. 아무 일 아니라고 대답을 하고 장비를 챙겨 사람들을 뚫고 지나갔다. 잠겨 있는 현관문 앞에 경찰과 구급대원들이 어찌할 바를 모르고 있었다. 베란다로 뛰어가 베란다 문을 체크하니 문이 스르륵 하고 열렸다. 불이 꺼진 고요한 거실이 눈에 들어왔다. 한눈에도 을씨년스러웠지만 팀장님께 보고할 틈 없이 베란다를 넘어 들어갔다.

집 안에 가구는 많지 않았고 물건들이 바닥에 나뒹굴고 있었지만 딱히 패턴이나 이유는 없어 보였다. 주방에 불은 켜 있고 집안은 시체 냄새로 가득했다. 초여름 날씨에 파리가 없는 것으로 봐서 고인이 돌아가신 지 그리 오래된 것 같지는 않았다. 나는 혹시나 사고자가 목을 매고 있을까 싶어 플래시를 켜고 방 쪽을 비추었다. 두 칸의 방이 서로 마주 보고 있었고 문이 닫혀 있어 확인이 되지는 않았지만 사고현장이 왠지 자살 같지는 않았다.

예전에 수면제를 입에 털어 넣고 잠이 든 사고자를 한번 구조한 적이 있는데, 문을 개방하고 들어가니 방이 너무도 깔끔하고 정갈했던 기억이 있다. 마지막 가는 모습이 지저분하지 않았으면 좋겠다고 생각했던 것 같다. 팀장님이 보았던 어떤 할머니는 방바닥까지 깨끗하게 닦고 옷도 잘 차려 입고 스스로 생을 마감하셨다고 했다.

방을 수색하기 전에 경찰과 구급대원을 집 안으로 들여야겠다는 생각에 현관으로 몸을 돌렸다. 그러자 현관 쪽에 속옷만 입은 채 숨을 거둔 고인을 마주하게 되었다. 후배에겐 얼굴을 보지 말라고 말하면서 나는 습관처럼 사람의 얼굴을 먼저 보았다.

까맣게 변해버린 죽은 자의 얼굴은 아무래도 익숙해지기가 힘들었다. 바닥엔 끈적끈적한 피가 흥건했고 하얗고 파란 고인이 그 위에 잠들어 있었다. 고인을 지나 현관문을 열었다.

일을 마치고 집으로 돌아오니 여전히 고인의 얼굴이 떠올랐다. 미간을 찌푸린 채 생을 홀로 마감한 고인의 표정에서 고독을 보았다. 인간은 원래 고독한 존재인 것인가. 세상에 발 붙이고 살 때야 가족도 친구도 있지만 떠날 땐 늘 혼자이니 말이다. 아무도 없는 집에서 홀로 그 길을 떠나가야 했으니 몸의 고통보다 마음의 고통으로 마지막 표정을 짓지 않았을까.

'지병이 있었나' '가족은 있었을까' 별일 아닌 듯 넘길 수 있는 사건이지만 내 머릿속은 고인을 향한 질문을 쏟아내었다. 답해줄 사람도 없는 질문들이 머리맡에 한가득 쌓였을 때쯤 베개를 끌어안고 잠이 들었다.

건강검진 문진표를 작성하고 의사 선생님과 상담을 했다. 의사 선생님께선 내게 수면 장애가 있는 것 같다고 했다. 혹시 생각이 많은 사람이면 소방관이란 직업이 힘들 수 있다고 말했다. 다음엔 고인의 얼굴을 보지 말아야겠다고 생각했다.

피 묻은 방화복을 빨며

글쓰기

나는 보통 사고현장에 다녀와서 들었던 생각과 감정을 글로 남긴다. 사고현장에 나갈 때마다 어떤 생각들이 항상 떠오르는 것은 아니다. 특히나 자다 깨서 나가는 출동은 그냥 아무 생각이 없다. 구조차에서 옷을 갈아입으며 서서히 정신이 들곤 한다.

그날도 구조차 뒷자리에서 들려오는 무전 내용이 단순한 사고 같진 않았다. 제설차량을 뒤에서 덤프트럭이 들이받아 고속도로 한가운데에 멈춰 있다고 했다. 덤프트럭의 운전자가 사망으로 추정된다는 현장 목격자의 진술도 포함되어 있었다.

"형, 오늘도 글 쓸 일 생기겠는데요?"

옆에 앉은 동기 박반장이 긴장을 풀라는 의미로 가볍게 말을 건넸다. 이 말을 듣자 갑자기 생각이 많아졌다. 처음 글을 쓸 땐 배출의 의미가 컸다. 나는 시각적인 충격보단 감정적인 충격에 약해서 현장에서 보고 들었던 것들을 배출하지 않고 쌓고 살다 보니 정말 PTSD가 올 것만 같았다.

누군가 그랬다. 사람도 잔처럼 채우고 채우다 어느 시점에

넘칠 때가 있다고. 글을 쓰기 시작한 시점이 나에겐 그랬다. 타지에 친구도 없이 홀로 살고 있던 나의 잔은 그리 크지 않았다.

그렇게 시작한 글쓰기이기에 조심스러운 부분이 굉장히 많았다. 누군가의 사고가 나의 글감이 된다는 사실이 너무 비인간적이란 생각이 들었기 때문이다. 또 내 자신의 이야기가 대부분이지만 타인의 이야기가 섞인다는 점, 그리고 내가 겪는 사건 대부분이 타인의 불행에서 시작한다는 이유도 있었다.

예전에 한 베테랑 기자님께 이 고민을 고백한 적이 있다. 그분은 설령 그러하더라도 현장의 이야기를 전달하는 의미로 큰 가치가 있기에 멈추면 안 된다고 조언했다. 이젠 어떤 책임감까지 더해져서 글쓰기에 대한 생각이 더 많아졌다. 오늘 아무 생각 없이 나간 사고현장에서 몸은 부지런히 작업을 하고 있었지만 머릿속은 내가 글을 써야만 하는 이유들을 계속 찾고 있었다.

안전벨트

현장에 도착해서 보니 제설차의 뒷부분을 받은 덤프트럭의 운전석 부분이 움푹 들어가 차와 차가 연결된 것처럼 보였다. 상황은 생각보다 심각했다. 구조차를 옆에 세우기도 전에 우리는 제설차 기사에게 "앞으로! 앞으로!" 다급한 목소리로 전진을 요구했다. 원래 같으면 차량이 분리되어야 하지만 덤프트럭은 제설차의 일부가 된 것처럼 끌려 다녔다.

차량을 세우고 일단 유압장비에 먼저 시동을 걸어 덤프트럭 쪽으로 옮겼다. 싸라기눈은 이미 함박눈으로 변해 있었다. 탐조등을 켜고 이리저리 비추어보아도 답이 없었다. 트럭 문을 유압장비로 뜯어도 공간이 없어 사고자를 꺼낼 수가 없었다. 대형 크레인을 부르기로 했다. 차량을 떼어내는 준비를 하기 위해 덤프트럭 주위를 분주하게 다니던 우리에게 하얀 작업모를 쓴 아저씨가 물었다.

"안전벨트! 환자 안전벨트 맸나요?"

"아뇨. 지금 식별이 안 되는 상황입니다."

우리 대답을 듣고 어디론가 사라진 아저씨는 다시 돌아와 구급대원에게 안전벨트를 했냐고 재차 묻는 것이었다. 그 말을 들은 구급대원도 운전석을 플래시로 비춰보곤 고개를 절레절레 흔들었다.

"이 상황에서 안전벨트 여부를 묻는 것이 중요한가?"

"형 그거 알아요? 이건 정황상 덤프트럭이 제설차의 뒤를 받은 것이기 때문에 덤프트럭 과실이 100:0일 것 같은데 또 모르죠. 만약 다른 이유가 있다면 제설차 기사가 안전벨트를 했느냐 안 했느냐에 따라서 보험지급금이 달라지거든요."

"야 지금 사람이 차에 끼어 죽는 판에 보험금 따지고 있다고? 이런 ×××들."

순간 화가 치밀어올라 나도 모르게 거친 욕이 나왔다. 사고를 바라보는 시선이 이렇게 달랐다. 사람을 구조해야 하는 입장에선 차를 떼어내기 위해 이런저런 수를 다 동원해보느라 속이 타들어가는데, 돈을 지불해야 하는 입장에선 회사의 이익을 위해 거센 눈을 맞고 있었다.

우린 각자의 직무에 최선을 다하고 있었지만 짜증이 나는 건 어쩔 수 없었다. 나는 평소에 하지 않는 욕을 내뱉으며 말 못하는 사고자의 편을 들어줬다. 설령 그게 자본주의 세상의 물정이었다 하더라도 이 상황에서는 내가 욕하는 게 맞지. 이게 바로 사람 사는 세상이지.

2월 17일

"야 박반장. 오늘 무슨 날인지 알아? 2월 17일. 사매 터널."

"형 진짜예요? 우리 2월 17일에 뭐가 낀 거 같아요."

"그러게~ 내년 이날에도 큰 사고 터지면 우리 진짜 뭐 있는 거다. 긴장하자."

"그때도 눈 엄청 왔었는데 오늘도 또 이렇게 오네요."

일 년 전 오늘 남원 역사상 가장 큰 사고로 기록된 사매 터널의 30중 추돌 차량화재 사고가 있었다. 그날 6시간 넘게 진화작업을 벌이고 야간 교대팀에게 인수인계를 한 뒤 팀장님이 말씀하셨다. "원래 큰 사고 겪으면 삼겹살에 소주 한 잔으로 다 풀고 다 잊는 거야. 알겠지?"라며 우리를 삼겹살집으로 데리고 갔다.

일 년이 지난 오늘은 가게 문들을 다 닫은 새벽이라 팀장님은 편의점에 들러 계산대에 진열된 커피를 사주셨다. "오우야 박반장. 커피 너무 뜨거운데?" 난생처음 콜드브루를 뜨겁게 마셔봤다. 2021년 2월 17일 오늘 우린 이 콜드브루처럼 뜨겁고 차가웠다.

피 묻은 방화복

새벽에 비몽사몽으로 사건을 정리했다. 아침에 사건사고가 주간 근무자들에게 인수인계 될 수 있도록 사진을 고르고 영상을 업로드하는 일이다. 그리고 어떤 사건이었는지 전달이 잘 되도록 핵심 키워드만 간추려 미리 타이핑을 해놓는다. 초등학교 때 육하원칙에 대해 담임선생님께서 입에 거품을 물며 강조하셨는데 커서 그 깊은 의미를 깨닫는다.

새벽이라 잘 돌아가지 않는 머리를 손으로 탁탁 치며 내용이 부족하진 않은지 읽고 또 읽어보았다. 이제 마지막으로 해야 할 일이 있어 화장실로 지친 몸을 이끌었다. 작업을 할 때 방화복에 묻은 핏자국을 제거하는 일이다. 피가 많이 묻었다면 방화복 세탁기에 돌리면 그만이지만 군데군데 애매하게 묻으면 주로 손빨래를 했다.

따뜻한 물에 거품 손세정제로 피 묻은 부분만 빨래하듯 문질렀다. 하얀 거품이 연분홍 벚꽃처럼 변했다. 그럼 물로 씻

어낸다. 다른 곳의 얼룩을 문지르니 내 손에 또다시 벚꽃이 피고 졌다. 그렇게 몇 번이나 벚꽃이 피고 졌다.

다음날 퇴근을 하고서 소식을 들었다. 고인이 된 사고자의 가족들이 잠시 구조대 사무실에 들러 인사를 하고 갔다고.

옷에 피 묻히는 직업을 후회하지 않는다. 무서워하지도 않는다. 내 몸에 묻은 피가 짧고 강렬하게 피고 졌던 한 인간의 꽃잎이라 생각하면 더럽지 않다. 죽은 사람의 얼굴이 꿈속에 나올까 겁내지도 않는다. 내가 그의 마지막 모습을 담은 사진기라 생각하면.

피 묻은 방화복은 더 이상 섬뜩하지 않다.

2

×

방화복 아래
묻어 둔 이야기

내가 몸을 담은 조직은
바뀌었지만
나의 그릇은 바뀌지 않았다.
그 그릇 안에는 조그만 합기도 소년의
열정, 특수부대원의 패기,
악어 농부의 땀, 아프리카의 꿈
등이 담겨 있다. 앞으로 구조대원의
열심이 더 담길 것이다.

소방관 집에도 불이 난다

화재는 늘 예상할 수 없는 곳에서 일어난다. 하지만 시기별로 일어나는 빈도수가 달라서 통계상 여름에는 화재가 많지 않다는 것을 예측할 수는 있다. 그런 예측과 실제 화재 출동 건수가 맞는 때엔 방화복에 검댕이가 묻지 않는 날이 며칠간 이어진다. 한번은 친한 동료들끼리 모여서 이런 얘기를 했다.

"근데 요즘엔 불이 잘 안 나지 않아요?"

"글쎄. 그러고 보니까 지금 한 열흘째 불은 구경도 못했네요."

"워이~ 워이~ 그런 소리 마요. 그러다 큰일 나요!"

"아이고. 내가 말실수했네. 그 말 취소 취소!"

점심식사를 마치고 구조대 사무실에 들어와 커피 원두를 갈았다. 다른 팀은 몰라도 우리 팀은 원두를 갈아서 커피를 내려 마신다. 술 마시는 회식보다는 산이 보이는 브런치 카페에서 와플을 썰거나 꽃구경 다니는 것을 좋아하는 우리 팀이다. 커피도 하루에 의무적으로 석 잔 이상은 마시게 된다. 며칠 전 모기가 내 팔뚝에 앉아 주둥이를 꽂고 피를 빨더니 심봉사처럼 눈을 번쩍 뜨는 걸 목격했다. 내 피 속에 섞인 카페인 때문인지 그날 모기가 잠도 안 자고 밤새 날아다녔다.

구조대 커피를 마시기 위해 여기저기서 손님들이 몰려온 그날, 한창 커피를 내리고 있는데 갑자기 화재 출동이 걸렸다.

"화재 출동! 화재 출동! 주택에서 검은색 연기가 나오고 있고, 위치는 남원 용성중학교 쪽으로 진행하시기 바랍니다. 식정 펌프, 식정 물탱크, 남원 구조, 남원 지휘, 용성 펌프, 용성 구급……."

깜빡거리는 출동벨을 누른 후 출동지령서를 뽑아보니 눈에 익은 주소가 보였다.

"어? 이거 우리 집 근처인데요!!"

"반장님. 설마 현장 도착했는데 반장님 집이 불타고 있는 거 아닙니까? 하하."

급박한 순간이지만 막내의 농담에 긴장을 조금 내려놓고 구조차에 올라탔다.

"우리 동네는 길이 좁아서 펌프차랑 물탱크랑 못 들어갈 텐데…… 일단 구조차는 네비에 표시된 길보다는 옆 골목으로 들어가는 게 좋을 거 같은데요. 팀장님. 위치가 정확하게 어디냐면…… 음……."

지령서에 표기된 위치가 우리 집과 매우 가까웠다. 집과 번지수 하나 정도 차이가 나는 것 같았고, 지령서엔 '옆집이 불타고 있다'는 신고가 들어왔단다. 옆집에서 옆집이 불타고 있다고 하면 우리 집 아니면 다른 옆집일 텐데…… 내가 사는 층에는 두 가구밖에 없는데…… 장난전화인가?

동네에 도착하는 동안 방화복으로 갈아입고 하늘을 바라보니 검은 연기가 피어오르는 게 보였다. 구조차 뒤의 셔터를 열고 문 개방 도구들을 챙겨 연기가 보이는 쪽으로 성큼성큼 걸어가는데 뭔가 좋지 않은 느낌이 들었다. 매우 익숙한 건물로 펌프차 호스가 뻗어 있고 이미 많은 소방관들이 건물을 오르락내리락하며 불을 끄고 있었다. 건물 앞에 도착해서 보니, 우리 집이었다.

　순간 눈앞은 까맣고 머리는 하얬다. 무엇을 해야 할지도 모른 채 그냥 익숙한 계단을 따라 우리 집으로 들어갔다. 검은 연기에 벽지와 천장은 온통 까맣게 물들었고, 바닥에는 아침에 미처 개고 나오지 못한 이불이 소방관들의 발자국에 널브러져 있었다. 냉장고 옆엔 내가 껴안고 자는 애착 베개가 뒹굴어져 있고, 그 중앙엔 보란 듯이 발자국 하나가 새겨져 있었다.

　"어, 저건 밟으면 안 되는데."

　빽빽한 연기 때문에 잘 보이지 않았지만 열 명 가까운 소방관 동료들이 주인 없는 집에 초대되어 이리저리 움직였다.

　"불 다 꺼졌어. 나가. 나가."

　어느 팀장님의 나가라는 손짓에 떠밀려 집을 나왔다. 내 집인데 누가 나가고 말고 하는 것도 조금 웃겼지만 난 이미 생각하는 기능을 잃었기에 개의치 않았다. 우리 집 계단 하나하나가 이렇게 거리가 멀었나 싶을 만큼 긴 시간과 공간에 놓였다. 방화 헬멧을 벗고 터벅터벅 내려오니 옆집 아주머니께서 나를 향해 소리쳤다.

"저깄네!! 저깄어! 저 소방관 집이에요!! 아이고 어찌해쓰까잉."

그렇다. 소방관 집에 불이 났다.

그 일이 있은 후 한 달간 남원소방서에서 슈퍼스타급 인기를 누렸다. 나를 모르는 사람이 없었고, 이전에 몰랐던 사람도 오가며 나의 거처와 안부를 물었다. 생일도 아닌데 느닷없이 치킨 쿠폰이 날아오는가 하면 여기저기 밥 한 끼 사주겠다고 식사 약속을 물어왔다.

예전이었다면 체면이 있는데 어찌 공짜밥을 넙죽넙죽 받아먹겠냐 했겠지만, 집이 없는데 체면이 무슨 소용인가. 집이 안정되면 집들이 한번 하겠다 말하고 먹을 수 있을 때 먹자하며 내 배 속을 채웠다. 모텔을 전전하는 등 불편한 점이 많았지만 의외로 편한 점도 있었다. 웬만한 사유에 이만큼 좋은 핑곗거리도 없었던 것이다.

"최반장, 이번 달까지 제출하는 동영상 얼마나 했어?"
"아 예…… 지금 한 15퍼센트 정도?"
"아니, 왜 아직 그것밖에 못했지?"
"제가 집이 없어서요."

"최반장, 출근 복장 너무 편한 거 아닌가?"

"아 죄송합니다. 제가 신발이 불타서요."

"최반장, 요즘 수영장 다니고 있어? 하반기에 인명구조사 시험 봐야지."

"집이 불타서 수영할 여유가 없네요."

예전 같았으면 이런 대답하기 곤란한 질문들 앞에서 뒤통수가 구멍 나도록 긁다가 제대로 답도 못 하고 얼굴만 벌개졌을 텐데, 한동안 이 무지개 반사급 핑곗거리는 나를 슬기로운 소방생활의 길로 인도하였다. 다만 문제는 퇴근하고 일상으로 되돌아가 화재 피해민이 되었을 때였다. 새카맣게 탄 집은 봐도 봐도 적응이 되지 않았다.

화재 현장에 제일 먼저 도착하여 창문을 부수고 들어온 센터 팀장님께서 서랍장 위에 놓인 내 사진을 보고 너무 놀랐단다. 그러곤 최대한 물건들이 파손되지 않도록 나름 노력했다고 말씀해주셨는데, 그런 노력에도 불구하고 집 안 대부분의 물건들은 이미 사망하고 말았다. 옷과 이불만 빼고는 불에 탔거나 검은 연기를 먹어서 사용할 수 없는 지경이었다.

불이 꺼진 방 한쪽에 물건들을 밀어놓고 요가매트 위에 누웠다. 천장을 보니 어쩜 이리도 내 마음처럼 새카맣던지 그 먹먹함에 눈물도 났다.

'왜 나한테 이런 일이 일어났을까.'

계속 질문을 던져보지만 돌아오는 건 깊은 한숨밖에 없었다. 오히려 별별 생각이 떠오르기만 했다.

솔직히 아주 잠깐이지만 화재 현장에 도착해서 집 계단을 올라갈 때 이런 생각이 들었다.

'이거 혹시 몰래카메라인가? 누군가 케이크를 들고 박수치면서 나오는 거 아니야?'

'나 심사 진급했나, 혹시?'

잠깐이었지만 만약 그렇다면 어떤 표정을 지어야 할지 고민도 했었다. 인생사 뭐 그리 생각대로 되간? 역시 그런 드라마 같은 서프라이즈한 장면들은 드라마에나 있는 법이다. 현실에서 불길한 예감은 늘 틀린 적이 없다. 출동지령서를 받아 든 순간부터 스멀스멀 올라왔던 불길함은 곧 현실이 되어 눈앞에 펼쳐졌다. 이참에 드라마 시청을 좀 줄여야 안 되겠다. 인생이 드라마인데 뭐 더 볼 필요가 있을까 싶기도 하고 말이다.

질문을 바꿔서 '이런 일이 나한테만 일어난 건가?' 싶은 생각에 소방관 선배들한테 물어봤다. 어느 소방관 소유의 비닐하우스에 불이 났다는 얘기는 들었지만, 나처럼 본인이 살고 있는 집에 불이 나서 본인이 직접 불 끄러 출동한 케이스는 듣지도 보지도 못했다고 한다. 나와 같은 일을 겪은 불운의 동료가 생기면 조언도 얻고 위로도 좀 받을까 했는데 괜히 말을 꺼냈다가 더 우울해졌다.

여러 생각들 중에 한 가지 내 가슴을 쿡 찌르는 일이 생각났다. 동료들과 모여서 여름날 화재 출동이 없다고 불평 아닌 불평을 했던 것.

나한테 익숙한 일이라고 남의 불행을 너무 쉽게 이야기했구나. 그 말을 돌려받은 건가?

화재 피해민이 되어보니 이만큼 고생스럽고 불편한 일이 따로 없었다. 당장 살 집이 없다는 막막함이 너무 큰 스트레스로 다가왔다. 그동안 집이 있어 가능했던 모든 생활이 한번에 꼬이게 된 것이다. 수면, 식사, 운동, 빨래, 심지어 바닥에 휴지 펴놓고 맘 편히 손발톱을 깎고 싶어도 이를 할 수 있는 공간이 없었다.

모텔 생활을 마치고 잠시 거처하게 된 동기 집에서 손톱을 깎고 발톱으로 넘어가는 찰나에 동기가 불편하게 째려봤다. 발톱이 사방으로 튀니 나중에 집이 생기면 거기서 깎으라는 무언의 메시지를 보내왔다. 매정한 놈. 이런 크고 작은 것들 하나하나가 모이니 개인에게는 엄청난 재앙이었다.

그 외에도 당장 무엇을 어디서부터 해야 할지 모를 답답함, 재물과 추억을 동시에 잃은 상실감, 먹먹함, 두려움 등 인간이 느낄 수 있는 모든 어두운 감정들을 동반하는 게 바로 화재인 것이다.

세상사 모두를 인과응보나 '뿌린 대로 거둔다' 식으로 생각하진 않았다. 어느 날 길을 걷다가도 아무 이유 없이 넘어져서 크게 다치곤 하니까 말이다. 하지만 평소에 말조심만큼은 확실히 지켜야겠다는 생각이다. 설령 내가 했던 말과 화재가 연관성이 없다 해도 내 머릿속에는 이미 그 말 때문에 불이 났다는 생각이 굳게 자리 잡았기 때문이다. 정신 건강을 위해서라도 불행의 씨앗이 될 만한 일들은 입에 담지 말아야겠다.

일이 있기 얼마 전, 동네공원 놀이터에서 교복을 입고 담배 피우는 학생들이 있길래 소방관 아저씨라는 명분을 내세워 훈계한 적이 있다. 불조심하자는 약속까지 받은 후 학생들을 집으로 돌려보냈었는데, 지금 생각하니 창피함에 낯이 뜨겁다.

그때 아이들한테 "얘들아. 담뱃불로도 큰 불 얼마든지 난다. 나중에 어른 돼서 담배 피우면 꼭 비벼서 꺼라잉. 불조심하자"라고 강조했더랬는데 요즘 들어 그 일을 자주 곱씹게 된다. 보일러실의 콘센트에서 발생하는 스파크로도 큰 불이 나는구나. 마지막 인사는 하지 말 걸.

소방관 집에도 불이 난다. 말조심하고 불조심하자.

나에게 나이키 운동화란

나는 어릴 적부터 비염이 있어서 자다가 종종 깨는 편이다. 콧물 때문에 왼쪽으로 누우면 왼쪽 코가 막히고 오른쪽으로 누우면 오른쪽 코가 막힌다. 천장을 보고 자면 양쪽 코가 막히기에 그냥 오른쪽으로 누워서 잔다. 콧구멍 크기도 달라서 구멍이 좀 더 작은 쪽을 포기하고 자는 거다.

잘 자다가 한 번씩 숨이 막혀서 깨어나 보면 코딱지가 코 속에 왕왕하다. 그 녀석들을 모두 파내고 다시 잠이 든다. 반수면 중에 파내는 거라 꿈에 손가락이 포클레인이 되어 산을 파내려간 적도 있다. 임금도 체불당한 채 유전을 발견해야 하는 비운의 남자였는데 그 끝은 잘 기억이 나지 않는다. 내 성격상 군말 않고 일만 하다가 속병이 났겠지. 그렇게 그날 아침은 코피를 흘린 채 깨어났다.

코가 막혀 깨어보니 새벽 5시였다. 출근을 하려면 아직도 2시간이나 더 남았는데 뭔가 잃어버린 사람처럼 마음이 개운하지 않았다. 무언가 분명 잃어버렸는데 그게 무엇인지 생각이 나질 않았다. 이참에 생수를 한잔 마시려 몸을 일으켰다. 부엌으로 가는 동안 내 마음의 허전함이 무엇 때문인지 계속 떠올리려 했다. 월급 때문인가? 이번 달엔 너무 스치듯 안녕을 고하긴 했다. 그러게 왜 또 신용카드를 만들어가지고…… 한 달에 30만 원 이상 쓰면 주택담보대출 이자를 깎아준다고 해서 만들었다가 매달 통장에 30만 원만 남는 마술을 부리고 있다.

한데 이때의 허전함은 결이 좀 달랐다. 무언가를 뺏긴 느낌이 아니라 내가 꼭 알아야 하는 것을 잊은 기분이었다.

친척동생 집 소파에 머리를 대고 낮잠을 청했다. 내가 살던 집에 불이 나고 종종 이렇게 들러 낮잠을 자곤 했다. 자기 집에 불이 나면 소방관이라고 딱히 묘수가 있는 건 아니었다. 까맣게 엉망이 된 집 안을 돌아다니며 구석구석에 있었던 추억들을 쓰레기봉투에 담아 밖으로 버렸다. 그나마 다시 빨아서 사용이 가능한 녀석들만 급히 차에 실어 친척동생 집으로 피신을 시켰다. 그렇게 하루 동안 쓸 수 있는 마음의 총량을 다 쓰면 이렇게 친척동생 집 소파에 누워 낮잠을 잤다.

'잠은 피로한 마음에 가장 좋은 약'이라고 했던 어떤 문인의 말처럼 잠은 때때로 약이 되기도 하고 씨를 물어다주는 제비가 되기도 했다. 내 마음의 안식처였던 소파에 누워 잠을 자고 나니 불에 타 없어진 물건들이 떠올랐다.

태국에서 산 반바지, 안마기, 애착 이불, 그리고 나이키 운동화.

"아 나이키 운동화! 나이키 운동화를 잃어버렸구나."

그제야 떠올리지 못한 허전함의 정체를 찾아낸 듯했다.

예전에 사막에서 열리는 마라톤 경기에 참가하려는 나에게 친한 동생이 이걸 신고 꼭 완주하라라며 사줬던 운동화다. 치수가 좀 작은지 왼쪽 발가락 발톱들이 일렬종대로 말끔하게 빠져나갔던 기억이 있다. 발이 너무 아파서 한 경기밖에 신지 못했지만 내겐 의미 있는 신발이기에 신줏단지 모시듯 보관해놓았다. 우리 집 화재의 주범인 보일러 옆에 하필 그 신줏단지를 모신 신발장이 있었다.

"맞아. 무려 나이키 신발인데 없어졌으니 당연히 허전하지. 이런."

집에 와서 신발장을 체크해보니 구두 두 켤레도 같이 불에 타 없어졌다. 벼락 거지가 이런 기분인가. 막상 잘 신지도 않는 신발들이었는데 실제로 없어졌다고 생각하니 나는 남들 다 있는 나이키 신발 한 켤레 없는 사람이 되어버렸네. 내 소식을 들은 지인은 이런 나를 보고 '무소유의 실현'이라고 했다. 원래 무소유라는 것도 나의 소유를 내려놓았을 때 비로소 하늘과 땅, 자연 등 모든 걸 소유할 수 있다는 의미인데, 이토록 속이 쓰린 걸 보니 난 아직 멀었다.

어느 단독주택 화재현장에서의 일이다. 쏟아지는 소방차 물줄기를 뚫고 한 아저씨가 집 안의 물건들을 열심히 마당으로 옮기고 있었다. 흙과 나무로 지어진 그 집은 지어진 지 족히 50년은 넘어 보였다. 그는 온몸이 물에 젖은 채 뿌연 연기에도 아랑곳 않고 안방을 들락거렸다. 소방관들의 제지에도 불구하고 필사적으로 물건들을 나르는 그의 손에 정체 모를 종이뭉텅이가 들려 있었다. 그걸 지켜보던 노모가 소방관의 눈을 피해 방 안으로 들어가려고 하자 아들이 말렸다.

"어머니! 어머니는 들어가지 마요!"

더 이상 지켜볼 수 없던 현장지휘 팀장님이 끝내 언성을 높였다.

"선생님! 위험하니깐 두 분 다 나오셔요. 예?"

소방관의 기세에 풀이 죽은 어머니는 창고 건물 그루터기에 앉아 고목나무 같은 손으로 눈물을 훔쳤다. 다른 한 손엔 빨간 무언가를 쥐고 있었다. 귀소하라는 무전을 받고 구조차로 돌아가는 길에 어머니가 계신 쪽을 찔끔 훔쳐보았다. 그 빨간 물체를 품에 꼭 안으며 어떤 이의 위로를 받고 계셨는데, 가까이 다가가서 자세히 보니 빨간색 사진첩이었다.

"목숨 걸고 빼오려 했던 게 사진첩이었구나."

순간 내가 무엇을 잃어버리고 살았는지 알게 되었다. 나는 나이키 운동화를 잃은 것이 아니었다. 그것과 함께한 추억을 잃었던 것이다. 나이키 운동화는 당시 나에게 용기였다. 가장 가난했고 무모했던 시절의 그 용기를 잊고 살았다. 잊고 살았으니 잃고 산 것과 같았다.

2011년 여름 한국에서 아무도 도전하지 않은 사막 마라톤 그랜드슬램을 1년 안에 완주하겠다며 호주행 비행기 티켓을 끊었다. 그때 누구의 응원도 받지 못했다. 군대도 힘들게 다녀와서는 또 뭐 하러 그 힘든 걸 하느냐는 반응이 대다수였다.

특히 대회 출전의 의의에 대해 열 번을 넘게 설명해도 어머니는 "그러니까 네가 그걸 왜 해야 하냐"며 극구 말리기만 하셨다. 그중 유일하게 나를 응원했던 교회 동생은 나의 멋진 선택을 응원한다며 자신도 세계일주의 꿈을 꼭 이루겠노라 다짐하며 나와 사이다 잔을 부딪쳤더랬다(둘 다 술을 못한다).

출국을 앞두고 다리에 깁스를 한 동생이 선물이라며 내게 운동화를 내밀었다. 자전거를 타다가 넘어져서 발을 다친 기념으로 자전거를 중고나라에 팔고 그 돈으로 내 운동화를 샀다는 것이다. 나이키 신발이 내 발과 썩 궁합이 좋지 않다는 것을 경기 중에 알았지만 그래도 난 그 운동화가 좋았다. 비로소 용기가 생겼다.

그밖에 내 여행의 시작과 끝이었던 태국에서 산 반바지, 여름에도 겨울에도 내 피부처럼 덮었던 애착 이불과의 추억도 모두 화재로 사라져버렸다. 화재는 비단 생명과 재산을 잃기 때문에 위험한 것일 뿐만 아니라 추억과 기억을 위협하는 존재이다. 그래서 무서운 거다.

시간이 지나고 깨닫게 되었다. 사십이 훌쩍 넘은 아들이 지키고자 했던 것은 물에 젖은 종이와 책들이 아니라 그것들과 함께한 추억이었음을. 법조계를 향한 열정과 인내, 끝내 이루지 못했던 꿈, 술 냄새 가득한 결단이 그의 방 한편에 놓여 있었던 것이다.

그분은 미리 알았던 것 같다. 불에 타고 남은 재를 가슴에 안고 우는 이유는 아까워서가 아니라 아껴서라는 걸. 곧 그리워질 거란 것도.

소방관이 되기 전
심바 씨는 어떻게 살았나요?

사회에서 만나 친구가 된 진수 씨는 내가 써온 글을 읽고서, 소방관이란 직업은 어느 정도 이해가 되는데, 나라는 사람이 이해가 잘 안 되는 눈치였다.

"심바 씨, 심바 씨의 부모님은 어떤 분이세요?"

"음…… 아버지는 좀 일찍 돌아가셔서 홀어머니 밑에서 자랐는데, 어머니가 좀 프리한 편이세요. 진수 씨는요?"

"저희 엄마는 제가 하고 싶은 걸 막진 않으셨어요."

"저희 어머니랑 비슷하네요. 전 어머니의 교육방식이 매우 마음에 들어요. 왜냐하면 공부하라는 말을 안 하셨거든요. 그저 제가 뭔가를 하고 싶다고 하면 허락해주고 어머닌 묵묵히 기도를 해주셨어요."

나는 학창 시절에 공부를 그다지 잘하는 학생은 아니었다. 초등학교 때는 많은 사람들이 그랬듯 공부를 곧잘 했지만 중학교에 올라오면서 성적은 탁 소리가 날 정도로 바닥을 쳤다. 그 충격에 맘 잡고 공부하여 전교권으로 성적이 수직 상승하는 그런 드라마 같은 일은 내 열여섯 인생 동안 결코 벌어지지 않았다. 그저 유유히 심해층에서 해류에 몸을 맡긴 채 유영하는 눈 튀어나온 물고기처럼 하위권 성적을 맴돌았다.

그 당시 나는 딱 세 가지에 심취한 오타쿠였다. 오락실, 라디오, 합기도. 합기도를 얼마나 좋아했느냐면, 중학교 수업이 끝나면 곧장 합기도장으로 가서 유치부 반의 여섯 살, 일곱 살 아이들과 함께 발차기를 시작으로 초등반, 중고등반, 성인반까지 마치고 나서야 관장님과 같이 문밖을 나섰다. 지금 생각해보면 쪼매난 놈이 나름 열정이 있었던 것 같다.

그렇게 6개월이 지나고 어머니께서는 집안 사정상 합기도장에 더는 지원을 해줄 수가 없다고 말씀하셨다. 나라를 잃은 백성 같은 표정을 하고 관장님께 말씀드리고 나오는데, 관장님께서 그럼 돈 내지 말고 너 다니고 싶은 만큼 다니라며 프리패스권을 끊어주셨다. 어쩌면 그때 운동이 지금의 내 모습을 결정하지 않았나 싶다.

턱걸이로 인문계 고등학교에 들어온 나는 이번엔 전략을 달리했다. 공부를 잘하는 친구들을 옆에 두고 그 친구들을 따라하다 보면 자연스럽게 성적이 오른다는 걸 티브이를 통해 알게 된 것이다. 고등학교에 입학하여 똑똑해 보이는 친구들을 내 주변에 하나둘씩 만들어갔다. 그리고 치른 고등학교 첫 중간고사는 그야말로 놀라웠다. 나뿐만 아니라 친구들까지도 다 함께 바닥을 탁 쳤다. 나의 영향력이 이 정도일 줄이야. 훗날 나의 자서전에 이 사건을 '심바 효과'로 명명하면 될 듯하다.

그즈음 방과 후 학습활동으로 만난 택견 선생님이 내가 운

동에 재능이 있다며 택견을 전공 삼아 배워보지 않겠냐는 제
안을 했다. 1초의 고민도 없이 어머니께 달려가 훌륭한 택견
인이 되어 한국 전통무예의 명맥을 잇겠노라 선언했다. 어머
니는 '저노무자식이 또 시작했구나' 하는 눈빛으로 나를 한
번 보시곤, 기도의 자리로 나아가 아들을 위한 기도를 하나
님께 올리셨다.

"저희 언니는 공부를 엄청 잘했고 똑똑했는데 저는 공부에
별로 흥미가 없었어요. 그래서 어머니 손을 붙잡고 미용학원
에 등록했어요."
"진수 씨는 그럼 그때부터 지금까지 한 길만 걸어온 거예요?"
"예. 한 16년 정도 된 것 같아요."
"우와~ 엄청 대단해요. 저는 그렇게 한 가지 일을 진득하
게 해본 적이 없거든요."
대학교 시절 나는 동기들 사이에서 재미있고 특이한 친구
로 통했다. 사람을 좋아해서 무리의 중심에 내가 항상 있었
지만 오후 3시만 되면 신데렐라처럼 사라졌다. 동아리 활동
을 하다가도 저녁 7시 30분만 되면 또다시 사라지기 일쑤였
다. 마치 방송국 녹화 직전에 방청객들의 분위기를 한껏 끌
어올리고는 이내 사라지는 '사전 MC' 같은 친구였다. 이유는
딱 하나다. 오후 3시엔 목욕탕 청소를 하고 저녁 7시 30분엔
택배 상하차 작업을 위해 버스를 타야 했기 때문이다.

그 시절 나는 돈 되는 일이면 무슨 일이든 했다. 방학이 되면 나의 단짝 동기와 함께 생활정보지인 〈교차로〉를 책상에 쫙 펼쳐놓고 시급이 높은 순서대로 밑줄을 쳐가며 연락을 돌렸다. 일이 힘들고 안 힘들고는 나의 고려사항이 아니었다. 그저 돈 되는 일이면 그곳이 어디든 이 한 몸 던져 노동과 돈을 맞바꾸었다. 그러다 보니 안 해본 일이 없을 정도였다. 건설현장, 공장, 택배는 기본이고 텔레마케팅, 단기 웨이터, 방문판매, 치킨집 주방장, 야채장사, 푸드트럭 등 30여 종의 일을 경험했다.

"심바 씨는 진짜 다양한 일들을 했네요. 그럼 그 일들 중에 어떤 일이 가장 의미가 있었나요?"

"음…… 예전에 학원에서 영어 선생님으로 일했던 적이 있어요."

이 일 역시 시급이 높아서 시작한 일이었다. 밤새 쌀포대를 트럭에 옮겨 실으면 시급이 1만 원인데, 학원은 쌀포대의 100분의 1도 안 되는 무게의 책을 들고 칠판 앞에 서면 한 시간에 1만 3천 원이나 주었다. 그동안 육체 노동계의 메시로 군림을 했었는데 동네 조기축구 실력으로 발을 디딘 학원계는 내게 신세계였다. 그래도 잘하고 싶은 마음에 쉬는 날 대학도서관에서 열심히 수업 준비를 했다.

"최 선생님은 학원 일이 처음이라고 했죠? 우리 학원이 인근에선 성적 잘 올려주는 학원으로 소문이 났어요. 선생님의 열정 기대할게요."

　열정이란 단어가 원래 이렇게 싸한 느낌의 단어였던가. 처음 접하는 일이다 보니 원장님 앞에서 뒤통수를 구멍이 나도록 긁다가 사무실을 나왔다. 교회 동생이 며칠만 땜빵을 하면 된다 하길래 오게 되었는데, 그러다 얼떨결에 정직원이 되어버린 것이다. 내가 외국 좀 돌다가 왔다고 하니 원장님은 나의 청바지 차림에서 느껴지는 자유로움이 좋다고 하셨다. 마땅한 정장바지가 없어서 그냥 청바지에 모자를 쓰고 학원에 간 것인데 그때부터 원장님은 나를 외국인 취급하듯 대하셨다.

　훗날 몇몇 학부모님들이 학원에 오셨다가 나를 본 후 "저 선생님은 복장이 왜 저러냐, 우리 아이들이 뭘 보고 배우겠냐" 하며 컴플레인을 걸었다고 한다. 그때 원장님께서 "저 유학파 선생님 말씀하시는 거냐"고 되물었더니 놀랍게도 학부모들은 고개를 끄덕끄덕 하며 집으로 돌아갔다는 것이다. 아프리카 우간다에 교환학생으로 간 1년의 힘이란.

　첫 아이들, 첫 수업, 처음 올라본 단상…… 영어회화에는 자신이 있었지만 영어를 분해하여 아이들이 이해할 수 있도록 가르치는 일은 결코 쉽지가 않았다. 나도 모르는 부분에서 질문을 받으면 잊고 살았던 그때가 생각났다. 학창 시절 동그란 안경을 쓰고 조용조용 살던 친구가 가끔 수업시간에 날카로운 질문을 던질 때가 있었다. 그때 당황한 선생님은

'넌 그것도 모르냐'며 역성을 냈던 기억이 있다. 그 마음이 새삼 이해가 갔다. 선생님도 모든 걸 알지 못하는 동네 어른일 뿐인데, 뭐든 모르면 안 되는 자리에 섰으니 가끔 얼마나 숨고 싶었을까.

한동안 내가 그랬다. 쥐구멍에라도 들어가 숨고 싶은데 대한민국 학원엔 쥐구멍이 없다. 있다 한들 세상 어디에도 나만 한 크기의 쥐구멍은 발견되지 않았다. 처음엔 가르치는 일에 적응을 하느라 정신이 없었고 시간이 지나자 말 안 듣는 제자들에 치여 기절할 것 같았다. 시간당 1만 3천 원이 거저가 아님을 깨닫는 데엔 오랜 시간이 걸리지 않았다.

"최 선생님, 아이들한테 화를 좀 내세요. 선생님이 그렇게 무르니 아이들이 시끄럽고 말을 안 듣잖아요. 오늘 최 선생님의 미션은 아이들한테 화를 내는 겁니다. 지켜볼 거예요."

원장님의 꾸지람을 듣고 나오는데 마음이 너무 무거웠다. 한 학기라는 시간을 아이들과 함께 지냈더니 이젠 친구와 선생님의 경계가 사라진 상태였다. 나를 '심바'라 부르는 아이들이 그저 귀엽고 사랑스러웠다. 그런 아이들에게 화를 내야 한다니 마음이 천근만근이었다.

문을 스르륵 열고 단상에 올라가 분위기를 잡았다.

"야, 너희들 선생님이 수업시간에 들어왔으면 공부할 준비를 해야지, 지금 돌아다니는 사람 뭐야? 학원이 너희 놀이터야?"라는 말로 운을 떼었다. 화를 내고자 하니 제자들의 모자란 점들밖에 보이지 않았다. 그 점들을 하나하나 지적하니 맨 앞줄에 앉은 하영이가 눈물을 터트렸다. 늘 미소 띤 얼굴에 천사 같은 마음씨를 가진 하영이었다. 대답도 잘하고 공부도 제일 열심히 하는 아이를 말도 안 되는 이유로 혼을 내고 있었던 것이다.

"너희들은 오늘 수업을 들을 자세가 되어 있지 않다. 다들 반성하면서 문제집 풀고 있도록 해. 알겠어?"

그 말을 하고 교실을 나와 화장실로 간 나는 벽을 짚고 눈물을 터뜨렸다. 내가 아끼고 사랑하는 아이들인데 그저 일자리를 잃지 않으려 아무런 이유도 없이 화를 낸 내 모습이 너무 밉고 속이 상했다. 내게 필요했던 돈 몇 푼이 아이들을 향한 내 마음보다 컸나보다.

다음날 나는 사표를 냈다.

"저는 아이들이 너무 좋아서 앞으로는 화를 내지 못할 것 같아요. 저의 꾸지람을 들어야 하는 아이들을 보는 게 너무 괴롭습니다. 그동안 감사했습니다. 원장님."

짧은 이유를 남기고 학원을 떠났다. 이틀 동안 원장님의 전화를 받지 않고 홀로 마음을 다스리는 동안 원장님으로부터 장문의 편지가 도착했다. 아이들이 최 선생님을 너무 보고 싶어 한다고, 어떤 것도 강요하지 않을 테니 학원에서 내 방식대로 수업하라는 요지의 글이었다. 그렇게 다시 복귀한 학원에서 쉬는 날도 없이 매일 출근하여 아이들을 눈에 넣었고 온 마음을 다해 사랑해주었다.

그 시절 나에게 의미 있는 일이라…… 그것은 사치였다. 돈을 벌면 의미가 생기는 것이지 처음부터 의미 있는 일이란 세상에 없다고 생각했다. 바쁜 꿀벌은 슬퍼할 틈이 없다고 나는 일의 의미를 따질 여유가 없었다. 그랬던 내가 처음으로 일을 사랑했다.

생각해보면 모든 게 조심스러웠다. 나의 말투와 행동, 생각까지 이 자라나는 아이들에게 영향을 끼친다고 하니 처음엔 책을 읽어주는 게 가장 편했다. 그러다 아이들의 고민을 알게 되고 나의 경험을 들려주며 우리는 서서히 마음을 열었다. 함께한 시간이 흐를수록 나는 학원 선생님이라는 내 일과 아이들을 그냥 온몸으로 사랑하기로 했다. 깨질까 혹 망가질까 조심할 것이 아니라, 내가 사랑한다면 나중에 아이들이 커서 좋은 직업은 몰라도 따뜻한 마음을 지닌 어른으로 성장하지 않을까 했다. 유의미한 결정이었다.

목표한 바가 있어 1년간의 학원 선생님으로서의 시간을 마음에 간직한 채 그만두었다. 그 후로도 생계와 꿈은 마치 어긋났던 나의 첫사랑처럼 서로 다른 방향으로 흘러갔다. 의미를 두기엔 너무 단순 반복이 전부인 일들로 삶을 채웠다. 그래도 마음 깊은 곳에 색깔이 다른 퍼즐 하나가 생겼다. 그리고 그것은 나를 상상하게 했다. 언젠가 직업인이 되어 내가 사랑하는 일을 하고 있는 모습을 말이다.

일대일의 경쟁률

묵묵하게 한길만 걸어온 진수 씨는 이것저것 찔러보고 살았던 나의 삶이 제법 궁금했던 것 같다. 페루에서 여행 가이드를 했다고도 하고, 호주에서 농부로 살았다고도 하니, 현재 소방관이라는 직업에 접점을 찾을 수가 없다고 했다. 그리고 보통 여자들은 나같이 바람처럼 사는 남자에겐 별 관심이 없다는 뼈 때리는 조언도 아끼지 않았다.

"진수 씨, 사실 저는 꿈이 소방관이 아니었어요. 외국에서 NGO 창립자나 선교사가 될 줄 알았거든요. 그러다 UN의 문턱이라도 밟으면 가문의 영광이겠다 생각하며 살았어요."

"심바 씨는 그래서 아프리카 우간다로 가신 거예요?"

"아뇨. 나름 사정이 있었는데, 처음엔 영어를 배우러 간 거였어요."

군대에서 4년 3개월을 보내고 나와 보니 세상 모든 게 흥미로웠다. 개미 지나가는 것만 쳐다봐도 아주 흥미진진했다. 대충대충 먹잇감만 집어가는 것 같아도 자세히 보니 나름 기승전결이 있는 애들이었다. 버킷리스트가 적힌 한 권의 노트와 형광펜으로 도배가 된 영어 문법책을 들고 전역한 나는 홀로 나방을 끌고 가는 저 개미처럼 곧 무언가 대단한 것을 이룰 것만 같았다.

대학교에 복학한 뒤 처음으로 진지하게 공부를 시작했다. 군대에서 1년에 100권씩 읽었던 책들은 모두 자기계발서였다. 나는 더 이상 내가 성적 상위권 녀석들이 밟고 올라서는 성적 상승의 사다리가 아니란 사실을 보여줄 심산이었다. 지난날 심해층(성적 바닥권)에서 말미잘 녀석들(바닥권 성적의 친구들)과 정신없이 놀던 때가 주마등처럼 스쳐갔다.

직업군인이었던 덕분에 모아온 돈으로 복학한 첫 학기는 알바를 하지 않고 공부에만 오롯이 집중할 수 있었다. 사실 뭐 괜찮았다. 어차피 성적장학금을 타게 되면 그동안 썼던 돈을 대부분 보상받을 테니 말이다. 학교 수업이 끝나면 곧장 학교도서관으로 가서 자판기 커피를 한잔 뽑아서 열람실로 갔다. 삼면이 막힌 열람실 책상은 나에게 진지함과 설렘을 안겨줬다.

티브이로 많이 봐왔다. 남자의 집중하는 모습은 쪽지가 붙은 캔커피를 필연적으로 불러온다는 사실을 말이다. 그리고 시간이 지나고서야 알게 된 사실도 있었다. 어떻게 생긴 남자가 집중을 하느냐도 중요하다는 것을.

결론부터 말하자면 장학금은 나 아닌 다른 학생들에게로 돌아갔다. 무늬만 장학생이었던 나에게 큰 교훈과 결심을 안겨준 사건이기도 했다. 공부머리가 아니란 걸 깨달은 뒤론 모험을 떠나기로 마음을 먹었다. 사실 나도 사람이라 열람실을 들락거리는 동안 촉이라는 게 왔었다. '장학금 킬러'라고 불리는 후배 두 명이 있었는데 그 두 사람은 다름 아닌 캠퍼스 커플로, 수업이 끝나면 언제나 공부 데이트만 한다는 것이다. 이런 훌륭한 커플의 만남을 외로이 캔커피나 기다리는 내가 이길 리 만무했다.

이제 성적장학금 세 개 중 하나가 남았는데, 이미 열람실 안쪽엔 어떤 생태계가 형성되어 있다는 걸 깨달았다. 의식주를 열람실에서 해결하며 '열공'하는 인류 공동체가 존재할 뿐만 아니라, '걸어 다니는 암모나이트'라 불리는 조상 격 선배가 그 구역을 관리하고 있는 것이었다. 내가 저들을 제치고 남은 한 자리의 주인공이 될 수 있을까? 그들을 초조하게 지켜보면서, 한편으론 교환학생 공고문을 수시로 살폈다. 여차하면 떠날 작정이었는데 결국 여차한 순간이 왔다.

때마침 아프리카 우간다에서 교환학생을 모집한다는 공고가 게시판에 올라왔다. 게다가 영어를 쓰는 나라라는 말에 내 마음은 요동쳤다. 영어에 갈급함이 있던 나는 망설임 없이 지원했다. 모험을 떠나기 전 톰 소여의 심정이 이런 기분이었을까.

면접날이 되어 국제교류팀 사무실을 찾아가니 영어로 무장된 쟁쟁한 젊은이들이 쏼라쏼라거리고 있었다. 나도 준비는 해왔지만 기억나는 거라곤 '아이 엠 최규영'이 전부이니 이걸 어떡하나.

"Could you introduce yourself?"

"에?"

"영어로 자기소개 부탁드립니다."

한 면접관이 말했다.

"Uhmm(음) well(그러니까), you know(그게)…… I am 최규영 but(제가 최규영입니다만) Ahmm……(아무 생각이 없네요. 죄송합니다)."

갑자기 내 서류와 얼굴을 번갈아 쳐다보며 면접관들은 분주해졌다. 원어민들이 많이 쓴다는 'well'과 'you know'를 적절히 배치한 자기소개였지만 이렇게 짧게 끝난 걸 깨닫곤 그들의 동공이 심하게 흔들렸다.

톰 소여의 모험은 시작과 동시에 암초를 만났다. 망한 기운이 온몸을 휘감았고 초조하게 다음 우간다 지원자의 공격을 기다리고 있었다. 그런데 예상 밖으로 필리핀 지원자들의 영어면접이 시작되었다. 조금 전까지 팽팽 놀던 생각세포들이 갑자기 밀린 업무를 처리하더니 큰 깨달음을 선물했다.

'아! 우간다 지원자가 나 한 명이구나.'

우중충한 먹구름들 사이로 한줄기 따뜻한 빛이 나에게 쏟아지는 것을 느꼈다. 때마침 의문의 퍼즐 한 조각이 탁 맞춰졌다. 대기실에서 지원자 명단을 확인하던 선생님이 흠칫 놀라며 우간다 지원자가 맞느냐 재차 물었던 적이 있다. 난 잘생긴 사람에게 말 한마디 더 붙여주는 줄 알았는데 그게 아니었구나…… 전략이 필요했다. 생각하자. 생각하자.

"자, 최규영 학생. 마지막으로 할 말이 있다면 해도 좋습니다."

"면접관님. 제가 알아본 바로는 우간다 쿠미대학교와 교류 협정을 맺은 지 십 년이 되었지만 제가 첫 지원자라고 들었습니다. 미지의 땅에서 많은 리스크가 따를 거라는 우려 때문이 아닐까요. 그렇다면 면접관님, 오늘 꼭 한 명을 선발해야 한다면 영어 잘하는 사람을 보내시겠습니까? 아니면 아프리카에서 살아남을 사람을 보내시겠습니까? 제가 비록 영어는 부족하지만 생존력에 있어서만큼은 이곳에 온 모든 지원자들 중에 가장 뛰어나다고 자부합니다. 특수부대에서 중사로 전역했다는 점을 참고해주시면 감사하겠습니다."

그렇게 난 그 자리에서 당당히 합격을 따냈고, 면접관님들의 바람대로 영어학원에 등록했다. 대학교도 체면이라는 게 있는데 학생이 영어를 너무 못하면 좀 그렇지 않느냐는 우려 때문이었다. 우려와 달리 난 문법책 두 권을 열 번씩 필사하며 영어를 빠르게 익혔다. 다만 엉성한 발음으로 체면을 구기긴 했지만 말이다.

시간이 지나 이 일을 두고 '일대일 경쟁률이면 거저 아니었냐' 소리를 들었지만, 일대일의 경쟁률이란 바로 나 자신과의 싸움이었기에 한없이 고독했고 치열했던 전투라 회고한다.

그래서 심바 씨는
어떻게 소방관이 되었나요?

"진수 씨, 저번에 이런 이야기를 해줬잖아요. 물질적으로 풍요로우면 행복할 줄 알았다고요."

"예 그랬어요. 물질이 주는 행복감이 없는 것은 아니에요. 다만 이런 생각도 해봤어요. 부유한 가정에서 부족함 없이 자란다면 물질을 소유하는 것으로 행복을 느낄 수 있을까, 라는 생각이요. 예전에 너무 행복하게 웃는 평범한 가정의 아이를 본 적이 있어요. 주는 사랑과 받는 사랑이 오가는 가정이라는 공동체에서 가족의 사랑으로 안정감을 이룰 때 비로소 진짜 행복이 존재하지 않을까 생각했죠."

"진수 씨는 선생님 같아요. 그런 생각은 어디서 나오는 거예요?"

"그냥요. 문득 들었던 생각들을 손님과 대화하기도 하고 책도 보고요. 심바 씨는요?"

"모험하듯 떠난 아프리카였는데, 저에겐 비슷하면서 좀 다른 이야기가 있어요."

외국을 처음 나간 나에게 미지의 땅 아프리카는 미친 동식물의 땅이었다. 기숙사에서 나를 반긴 건 우간다 친구들과 내 주먹 반쪽만 한 풍뎅이였다. 기숙사 곳곳을 기어 다니고 날아다니는데, 자기가 무슨 헬기도 아닌데 마구 수직 이착륙을 했다.

나무마다 도마뱀들이 팔 굽혀 펴기를 하고 있었고, 화장실 옆에는 '휴지나무'라고 부르는 식물도 보였다. 이파리에 보들보들한 솜털이 나 있는 휴지나무는 워낙 질겨서 기숙사 친구들은 그 잎을 뜯어다가 뒤처리에 사용하곤 했다. 비가 올 듯 하늘이 거뭇거뭇해지면 높은 습도를 감지한 흰개미들이 등에 날개를 달고 불빛을 향해 모여들었다.

아프리카 그 칠흑 같은 동네에 불빛이라고는 우리 기숙사밖에 없었다. 10미터 복도 끝이 보이지 않을 정도로 흰개미가 바글바글하게 날아다니는 광경을 처음 봤을 때 나는 졸도할 뻔했다. 파브르가 살아생전 이곳에 왔다면 좋아서 기절했겠지만 나는 좀 많이 달랐다.

더 충격적이었던 건 기숙사에 살고 있던 친구들의 행동이었다. 각자 비닐봉지와 플라스틱 통을 들고 나와 흰개미들을 모조리 쓸어 담아갔다. 흰개미가 날아와 모여드는 데 10분이 걸렸다면 사라지는 데에는 단 5분 만에 모두 끝났다. 나를 위한 기숙사 메이트들의 특별 배려였을 것이라 생각하며 감사한 마음으로 잠이 들었다.

그리고 다음날이 되자, 망고나무 밑 교실에서 친구들이 함께 모여 무언가를 먹고 있었다. 손바닥에 새까만 콩 같은 걸 쌓아놓고 반대 손으로 집어먹는 중이었는데 너무 궁금해서

"그게 뭐야? 맛있는 거면 같이 먹자" 했더니 돌아오는 답은 심플했다.

"White ant(흰개미)!!"

당황한 내 표정을 보곤 자기들끼리 낄낄거리더니, 곧바로 소금과 함께 내 입에 밀어 넣는 것이었다. 그런데 정말 신기하게도 맛이 있었다. 구운 흰개미에서 나오는 진한 새우맛의 아름다움을 목 뒤에 돋은 뾰족한 소름도 인정했다. 지구 최상위 포식자다운 면모를 선하게 생긴 친구들에게서 그날 보았던 것이다.

세상 어디든 인생은 '먹고사니즘'이었다. 그런 내가 먹고살자니 내 입에 맞는 것이라곤 과일밖에 없었다. 처음엔 학교에서 제공하는 포쇼(옥수수떡)와 콩 수프를 싹싹 비워가며 먹었지만 두 달이 지나면서 나는 입맛의 현지화를 포기하고 말았다. 입맛의 현지화란 그 나라에서 아기로 다시 태어나야 가능하겠다는 깨달음을 얻었다.

한국 토종 입맛인 나는 너무도 간절히 순대국밥을 원했다. 깊고 누릿한 국물의 쫄깃한 곱창들. 수업시간이면 발밑으로 돌아다니는 동네 돼지 녀석들이 있었는데, 언젠가 그놈들의 똥꼬를 멍하니 쳐다보고 있는 나를 발견했다. 심지어 입맛도 다셨다.

그때부터 음식을 남기는 안 좋은 버릇이 생겼다. 처음엔 한입만큼만 남기던 걸 언제부턴가 반쪽씩 남기고 있었다. 그냥 식당 직원한테 포쇼 절반만 달라고 하면 되는 것을 굳이 산더미만큼 퍼 와서 그것을 절반이나 남겼다. 솔직히 지금 생각하면 이해가 안 가는 행동이었다.

그러던 어느 날 또 포쇼 한 바가지를 퍼 와서 절반을 남겼다. 남은 걸 기숙사 옆에 있는 쓰레기통에 휙 던져 넣고는 쫄래쫄래 잔디밭 길을 따라 접시를 닦기 위해 걸어갔다. 접시를 닦고 돌아오는 길, 배는 부르고 하늘은 높고 내 표정은 좀 띠벙했다. 조선시대 기록엔 이를 두고 한량이라 불렀다고 하던가.

잔디 밭길 중앙쯤에서 내 앞으로 한 모녀가 가고 있었다. 어머니는 머리에 터번을 두르고 아이는 머리를 여러 갈래 곱게 땋은 모습이었다. 아이의 앙증맞은 손을 꼬옥 잡고 기숙사 방향으로 앞서 걸어가고 있었다. 아이를 한 번씩 내려다보는 어머니의 모습에서 아이를 향한 사랑을 느낄 수 있었다.

기숙사 가까이 다다를 무렵, 어머니가 아이의 손을 잠시 놓더니 검은색 비닐봉지를 주머니에서 꺼내는 모습을 보았다. 그걸 손에 끼우곤 다시 아이의 손을 잡고 걷기 시작했다. 그 어머니는 기숙사에 다다르자 주위를 잠시 두리번거리고는 아이의 손을 놓고 머리를 한번 쓰다듬더니 무언가 각오한 듯한 표정을 지었다.

곧이어 기숙사 옆 쓰레기통 속에 봉지가 쓰인 손을 쑤욱 집어넣더니 하얀 덩어리를 하나 꺼내어 반대 손에 감싸 쥐었

다. 내가 먹다 버린 포쇼였다. 마지막으로 다시 주위를 확인
하는데 바로 그때 멍청한 표정으로 바라보고 있는 나와 눈이
마주쳤다. 그녀의 눈빛은 너무 강렬했고 진실했다. 1초 남짓
의 시간 동안 그녀는 내게 많은 이야기를 전해주었다.

　'사랑하는 아이가 있습니다. 이 아이가 먹고 자라날 음식이
없었어요. 음식을 구하러 다녔는데 어느 날 이 쓰레기통에 아
이와 제가 먹을 만큼의 포쇼가 버려져 있었어요. 훔친 게 아
니라 주워간 겁니다. 가난한 나라라고 가난이 떳떳한 것은 아
니에요. 비록 당신이 먹다 버린 것을 주워서 아이와 나눠 먹
었지만, 이런 저의 모습이 창피합니다. 부디 못 본 체 지나가
주세요. 그동안 저녁밥을 제공해주셔서 감사했습니다.'

　나는 기숙사 방으로 뛰어 들어가 식빵 한 봉지를 들고 문
앞에 섰다. 심장이 콩닥콩닥 뛰었다. 지금 이대로라면 저 모
녀는 내가 먹다 버린 음식으로 저녁을 해결할 것이다. 그건
내가 도저히 참을 수 없었다. 하지만 문을 열고 나가 식빵을
전해준다면 난 저 어머니의 무너지는 심정을 짓밟는 꼴이 될
것이었다. 나의 죄책감을 덜 것인가, 어머니의 마음을 지켜줄
것인가, 순간 갈등이 되었다.

　나는 그 잠깐의 시간 동안 무릎 꿇고 하나님께 기도했다.
"하나님 저는 이 순간 어떤 선택을 해야 합니까. 왜 이런 장
면을 제게 보여주셨습니까. 차라리 마주치지 않았다면 제가
지내는 동안 반쪼가리 포쇼라도 매일 먹었을 텐데…… 이 미

안함을 안고 앞으로 저보고 어찌 살라고 이런 일을 겪게 하십니까."

수치심 가득한 어머니의 눈빛, 세상의 온기를 품은 아이의 얼굴, 배부르고 멍청했던 나, 그리고 하나님.

그 일이 있고 며칠간 나는 기도만 했다. 도무지 답을 찾을 수 없어 근처 선교사님과 교수님을 찾아가 상담을 하기도 하였다. 하지만 그분들 역시, 답을 낼 수 있는 문제는 아니라고, 그곳에 시선을 멈추고 삶을 더 살다 보면 지금보다는 더 좋은 생각이 들 수 있으니 나의 자리로 되돌아가 삶을 살아내라고 말씀해주셨다.

그날 이후로 내 인생의 방향이 바뀌었다. 군을 나오고 나의 목표는 원래 군 헬기 조종사 시험을 치르는 것이었다. 군복무 중 시험을 한 번 보았는데 영어가 너무 부족하여 떨어졌다. 전역을 하면 못 해본 일들을 하며 인생을 좀 즐기다가 영어공부를 해서 다시 군에 들어가는 계획이었는데, 단순히 내가 잘 먹고 잘 사는 삶만이 훌륭한 인생은 아니겠다는 생각이 든 것이다. 나는 원래의 목표를 접었다.

그 대신 여러 나라와 선교지를 돌며 나의 시선을 '가난'과 '사람'에 두고 한동안 집 없이 살았다. 소방관이 되기 전까지는 사람들이 나에게 꿈이 무엇이냐 물으면 선한 기업을 만드는 것 또는 NGO를 창립하는 것이라고 답하며 살았다. 어찌 보면 그때 그 마음의 빚을 갚지 못해 스스로 만들어낸 일종의 보호막 같은 게 아니었을까 싶다.

그때마다 내 마음은 '미안합니다. 그때 내가 먹다 남은 걸 줍게 만들어 미안했고, 그 후로 포쇼 새것을 쓰레기통에 넣어놨는데 못 가져갈 만큼 수치심을 주어서 또 미안하다고…… 그렇지만 노력하며 살고 있습니다'라고 말한다.

"그래서 심바 씨는 어떻게 소방관이 되었나요?"

사실 외국에서만 계속 살 수는 없었다. 나의 오늘이 세상을 조금 더 밝게 만들 거라는 믿음이 있었지만, 솔직히 그것보다는 전기회사를 다니며 어딘가에 가로등을 하나 달아주고 가는 편이 훨씬 더 밝게 만드는 일 아닐까 생각이 들었다. 심지어 가로등을 달면 범죄율도 줄어든다고 하니 실제로 세상이 밝아지는 게 맞았다.

어쨌건 나는 친구랑 한 달에 한 번은 목욕탕에 가야 하고 순대국밥도 주기적으로 섭취해주지 않으면 안 되는 인간이란 것을 살면서 다시금 깨달았다. 게다가 왜 그리도 인생엔 장애물이 많은지, 사기꾼을 만나 탈탈 털려서 결국 한국으로 돌아오게 되었다. 그 사기꾼은 지금도 페루에서 잘 살고 있나 모르겠네.

모든 걸 내려놓고 인생을 다시 시작하는 시점 즈음에 중학교 시절 합기도 덕후 때로 되돌아가 보았다. 몸을 쓰는 건 자신이 있었던 까무잡잡하고 건강한 아이, 학업우수상은 못 받아와도 선행상은 꼬박 받아왔던 착한 아이였다. 그 아이가 커서 가장 잘할 수 있는 일은 한 가지 명백했다. 내 몸 던져 남을 돕는 일. 물론 울산 중앙구조대에 있는 군대 동기가 내게 조언과 용기를 아낌없이 주어 가능했던 일이었다.

얼마 전에 교회 카페에서 스리랑카 선교사님을 정말 오랜만에 만났다. 자신들이 하는 일은 천천히 사람의 인생을 바꾸는 일인데, 내가 하는 일은 한순간에도 바꿀 수 있는 일이니 멋진 선택을 했다며 칭찬을 아끼지 않으셨다. 그렇다. 나는 또다시 사람을 위한 일을 선택했다.

내가 몸을 담은 조직은 바뀌었지만 나의 그릇은 바뀌지 않았다. 그 그릇 안에는 조그만 합기도 소년의 열정, 특수부대원의 패기, 악어 농부의 땀, 아프리카의 꿈 등이 담겨 있다. 앞으로 구조대원의 열심이 더 담길 것이다.

사회생활을 잘 하려면 '하얀 거짓말'도 할 줄 알아야 한단다. 사람이 늘 진솔할 수만은 없기 때문이다. 하지만 진실의 순간 앞에선 단 한 발자국도 물러섬이 없는 사람, 그런 소방관이 되고 싶다. 나누고 돕고 사랑하며 살아가리라 다짐한다.

한때 유기견의 이름은
반려견이었다

　주간 근무 종료 40분 전 출동벨이 울렸다.

　"아. 쫌⋯⋯." 나도 모르게 마음의 소리가 입 밖으로 새 나왔다. 우리도 사람이기에 퇴근 전 출동이 그리 반갑지 않다. 이상하게 요 시간대에 산악 출동이 걸린다. 퇴근 직전에 산악 출동이라도 걸리면 집에서 잠 잘 생각은 아예 일찍 접고 출동 다녀와서 무슨 라면을 먹을지 고민부터 한다. 힘든 건 둘째 치고 기본 5시간은 걸리는 출동이기에 말이다. 우리에게는 사무실 문을 열고 나오면 눈앞에 보이는 흔한 앞동산이 바로 지리산이다.

　바퀴 달린 의자를 질질 끌고 출동지령 모니터 쪽으로 가보니 다행히 동물 관련 출동이다. 아파트에 유기견 한 마리가 돌아다닌다는 내용이었다.

　"급한 거 아니니까 일단 상황 어떤지 한번 전화해봐."

　구조대장님이 말했다.

　"안녕하세요. 여기 남원소방서 구조대인데요. 지령서 보니까 유기견이 돌아다닌다는데 정확히 상황이 어떤가요?"

　"여보세요! 아니 그게 아니고요. 강아지가 집을 잃어버려서⋯⋯ 제가 지금 안고 있는데요. 집 좀 꼭 찾아주세요."

수화기 너머로 초등학생쯤으로 들리는 목소리의 신고자가 사정을 말해주었다. 조금 싸한 느낌이 들었다. 신고자의 의도가 구조대의 업무와는 전혀 다른 색을 띠고 있기 때문이었다. 쉽게 말해 우리는 유기견의 집을 찾아주는 기관이 아니다.

　물론 도움은 준다. 유기견 신고를 받고 출동하면 시청 축산과에 인계하고, 축산과는 유기견 보호센터에 동물을 보내 공고를 띄워 주인을 찾을 수 있도록 한다. 하지만 열흘 동안 주인이 나타나지 않으면 유기견은 안락사를 당하게 된다.

　현실은 우리가 잡아서 인계하는 유기견들의 대부분이 안락사를 당한다는 사실이다. 개들 입장에서 우리는 저승사자인 셈이고 지금 이 초등학생은 갑자기 나타난 수호천사와 같은 상황인데, 수호천사가 아직 세상 물정을 몰라서 저승사자한테 연락을 한 셈이다. 번지수를 찾아도 한참 잘못 찾았다.

　"저기 대장님. 신고가 좀 이상한데요. 이게 의도가 좀 다른 거 같은데 어쩌죠?"

　"어쩌긴 뭘 어째. 다녀와."

　산악구조차를 선임 반장님과 동기, 나 이렇게 셋이 나눠 타고 길을 나섰다.

　아파트 관리사무소에 도착해서 경비 아저씨께 여쭤보니 얼마 전부터 하얗고 큰 개 한 마리가 주인을 기다리는 건지 찾아 헤매는 건지, 아무튼 관리소 주변을 배회하고 있다고 한다. 말이 끝나기 무섭게 건물 옆에서 초등학교 여학생 세

명이 우리에게 반갑게 인사를 건네며 다가왔다. 가운데 아이의 품엔 하얗고 큰 개 한 마리가 배를 보인 채 아기처럼 안겨 있었다. 두 앞발을 접어 가슴 쪽에 살포시 놓고 안겨 있는 폼이 제법 사람 품에 안겨본 개였다.

"소방관 아저씨. 이 강아지 집 좀 찾아주세요."

누가 봐도 개인데 이 수호천사들의 눈에는 한없이 귀엽고 사랑스러운 강아지로 보였나 보다. 개를 땅에 내리고 보니 유기견이라기엔 사람 손을 너무 많이 탄 개였다. 짖을 생각은 아예 없는 것 같고 우리가 다가가도 전혀 경계하는 몸짓이 없었다. 보통은 우리가 다가가면 도망부터 가곤 했다. 개들은 후각이 발달해서 우리들 장갑이나 장비에서 나는 다른 개들의 냄새를 맡고 미리 거리를 둔다. 한데 이놈은 그럼에도 우리 쪽으로 오는 모습이 꼭 우리가 주인을 찾아줄 사람이라고 생각을 한 것 같다. 아니면 너무 곱게 자라서 이 초등학생들처럼 세상 물정을 너무 모르거나 말이다. 개의 머리를 쓰다듬고 있는 동안 아이들의 폭풍 질문이 이어졌다.

"아저씨 이 강아지 집 꼭 찾아주시는 거 맞죠?"

"그렇지~ 아저씨가 하는 일이 그건데."

"강아지가 어려서 집을 몰라서 못 찾아주면 강아지는 어디로 가요?"

"그럼 유기견 보호센터라는 곳으로 보내서 주인이 알아볼 수 있게 사진을 인터넷에 띄워놔."

"만약 주인이 안 나타나면 어떻게 돼요?"

"어 그게…… 일단 센터의 다른 강아지들하고 같이 지내면서……."

"죽어."

갑자기 나타난 선임 반장님이 말을 가로챘다.

"아니 반장님. 그렇게 솔직하게 말씀을 하시면 어떻게 해요?"

"애들도 알 건 알아야죠. 얘들아. 개 주인 안 나타나면 병원에서 안락사시켜."

그 말을 들은 아이들은 난리가 났다. 두 아이는 어떻게 그럴 수 있냐며 아까보다 더 많은 질문들을 쏟아냈고, 개를 안고 왔던 초록 티를 입은 아이는 울면서 집으로 돌아갔다.

비록 천사 같은 아이들의 동심을 단박에 파괴해버렸지만 선임 반장님의 말이 틀린 말은 아니었다. 아이들도 그 사실을 알고 받아들여야 하는 게 맞다. 어쩌면 동물을 사랑할수록 그 말을 뼛속 깊이 통감하며 자신이 키우고 있는 반려동물에 대한 책임감을 가져야 한다.

개의 목엔 낡고 해어진 목줄이 걸려 있었다. 주인을 찾고 있는 듯 서성거렸다는 경비 아저씨의 말에 요 근래 주인이 버리고 갔나 보다 생각을 했는데, 낡은 목줄을 보니 주인을 찾는 것이 아니라 많은 날들을 밖에서 떠돌며 누구라도 주인이 되어주길 기다렸을 거라 생각된다. 어느 누구라도 머리를 쓰다듬어주길 기다렸고 안아주길 기다렸던 것이었다.

시청 축산과에 개를 인계하기 위해 시청 건물 뒤편으로 이동했다. 거기엔 조랑말도 들어갈 만한 커다란 철제 케이지가 있었다. 개를 안고 구조차에서 내려 케이지로 가는데 조용하고 착했던 개가 발을 버둥거리며 질색팔색을 했다. 케이지에 들어가지 않으려 버티는 개를 구조대원 둘이서 미안하다 말하며 힘으로 밀어 넣었다.

차에서도 가만히 앉아 말을 잘 듣던 놈인데 케이지 앞에 오니 본능적으로 뭔가 잘못되었다는 걸 알았던가 보다. 주인 찾아주는 줄 알았는데 자유마저 빼앗은 우리에게 배신감이 들지 않았을까.

축산과 직원의 말이, 요즘 구조대의 활약이 눈부신 건지, 세상이 각박해진 건지 유기견이 너무 많아서 수용할 수 있는 공간이 더 이상 없다고 했다. 보호센터가 포화상태이기 때문에 동물병원에 사정해서 맡기기도 하고 때론 안락사 조기 집행도 감행해야 할 실정이라며 푸념을 늘어놓았다. 무언가 잘못되어 가고 있다는 생각이 들었다.

동물은 우리에게 친구가 되어달라고 손을 뻗지 않았다. 우리가 먼저 그들의 가족이 되길 원했고 친구가 되어주길 바랐다. 인간 부모의 밥과 사랑 덕분에 아주 튼튼하게 장성하여 똥도 굵직하게 싸게 되었는데 더 이상 귀엽지 않다는 이유로, 혹은 감당하기 힘들다는 이유로 버림을 당한다.

그 버림이란 게 생각보다 더 잔인하다. 인간에게 길들여져 자연에서 살아가는 법을 잊어버린 그들은 산과 들을 돌아다니다가 민가로 내려와 버려진 상한 음식을 주워 먹으며 연명한다. 맘 좋은 식당 아주머니라도 만나면 당분간 정기적으로 밥을 얻어먹지만 곧 주민들의 신고로 출동한 구조대에 의해 잡히고 만다.

언젠가 출근해보니 간밤에 잡혀온 개가 구조대 이송장에 갇혀 있는 것이다. 뼈만 앙상하게 남아 바들바들 떨고 있었다. 창고에 있는 애완견 간식을 그릇에 담아 마지막이 될지도 모를 끼니를 챙겨주는데 참, 마음이 복잡했다.

우리 119 구조대의 역할 중에는 유해 동물들을 포획하는 일도 있다. 민가로 내려와 밭을 엉망으로 만들고 가는 멧돼지, 닭들을 물어 죽이는 족제비, 고라니, 뱀 등 주민들의 삶에 위협을 가하거나 해를 끼치는 녀석들을 잡아들인다.

그리고 지나가는 사람들을 위협하는 유기견들. 언제부터인가 사람들에게 버려져 밥 빌어먹고 다니는 유기견을 잡아달라는 요청 건이 주를 이루고 있다. 어떤 현장에선 자신이 키우던 개가 더 이상 컨트롤이 되지 않아 죽여달라는 요청을 받기도 한다. 국민의 요구에 응답해야 하는 기관이지만 그럴 땐 진심으로 고민이 된다.

반려동물의 밝은 면이 있다면 이런 어두운 면도 존재한다는 걸 사람들이 알아줬으면 좋겠다. 위험하다고 신고한 동물들도 한때 우리의 가족이었고 친구였음도 더불어서 말이다.

집 나가면 고생

한 점의 바람도 허락하지 않은 빽빽한 대나무숲 한가운데
에서 나는 그놈을 찾고 있다. 내가 사용할 수 있는 건 마지막
한 발. 이 한 발에 나의 모든 걸 걸어야 한다. 손에 흐른 땀이
방아쇠에 묻어 자꾸만 미끄러지는 것이 여간 거슬리는 게 아
니다.

이제 실수는 더 이상 용납할 수 없다. 이 마지막 한 발을
다 맞춘다 해도 그놈이 과연 쓰러질까? 그것도 잘 모르겠다.
이미 두 발을 맞고도 버티고 서 있다. 그놈은 내게 단 한 번
도 등을 내어주지 않았다. 그 두려움 없는 눈빛으로 나를 노
려보던 게 머릿속에서 잊히지 않는다. 쫓고 있지만 오히려
내가 쫓기는 기분이다.

"여깄다! 여기!"

대숲 언덕 너머로 동료의 소리가 들렸다.

"기다려!! 나 지금 가고 있어!"

나의 두 다리는 이미 내 몸의 일부가 아닌 듯했다. 이 험준
한 대숲 언덕을 몇 번이고 돌아 나의 몸은 지칠 대로 지쳤다.
하지만 정신만큼은 그놈의 눈빛보다 더 또렷하다. 왼손으로
거친 대나무숲을 헤치며 길을 만들어 전진했다. 얇은 대나

무들은 빼곡하게 자라 인간에게 쉽게 길을 내어주지 않았다. 자연은 자연의 일부가 된 그놈의 편인 것 같았다.

동료의 소리가 멈춘 곳에 다다랐다. 사방을 고개 돌려보아도 그놈의 흔적이 보이지 않았다. 한 발짝 한 발짝 내딛는 곳마다 눈으로 살폈다. 내 발자국 옆으로 그놈의 발자국이 보였다. 저쪽 둥지처럼 보이는 대숲 뭉텅이로 좁은 길이 나 있는 걸 보니 틀림없이 그곳에 있다.

한 번도 방아쇠를 떠난 적이 없는 손가락이 떨려왔다. 왼손으로 총구를 잡고 오른손을 쥐었다 폈다 하며 손의 긴장을 풀었다. 이제 곧 그놈이 보일 것이다. 대숲 뭉텅이 사이로 총구를 집어넣고 무릎으로 앉는 자세를 취했다. 조준자에 나의 오른쪽 눈을 고정하고 그 은밀한 뭉텅이에 나의 시선을 슬그머니 옮겼다.

거친 들숨 날숨이 느껴졌다. 지친 듯 몸을 웅크리고 있는 그놈의 뒷다리가 보였다. 까맣고 털이 빳빳한 그 다리엔 대나무 잎사귀에 베인 상처들이 있었다. 마지막 한 발을 낭비할 순 없다. 나는 저놈의 목을 노려야 한다. 총구를 옆으로 옮겨 조준자로 목을 겨냥했다.

특전사에서 4년 동안 선배들한테 맞아가며 사격술을 익혔는데 아마도 지금을 위한 인내의 시간이었음을 비로소 깨닫는다. 숨을 참고 바람을 느낀다. 이 순간 내겐 오른쪽 눈과 오른손 검지손가락 두 마디가 몸의 전부이다. 바람이 멈추자

이내 곧 세상이 멈춘다.

"탕."

총소리에 놀란 새들이 황급히 대나무숲을 떠났다. 내가 쏜 마취총 주사기는 그놈이 떠난 자리에 꽂혀 있었다.

결국 신은 자연의 손을 들어줬다. 인간은 또다시 엄숙한 수련의 자리로 돌아간다.

"아니. 저것이 인쟈 거의 산돼지여 산돼지. 집 나가서 두 달 동안 밭의 고구마나 해쳐먹고 아이고 못살 것네잉. 소방관 아저씨들! 이리 와 박카스나 좀 드셔요."

신고자 아주머니께서 언덕 중앙 묘당에 둘러앉은 우리에게 박카스를 건네며 하소연을 하셨다.

"잘 먹겠습니다. 아이고 힘들다. 이건 뭐 돼지가 아니고 노루네 노루."

"근데 이거 못 잡아서 어떡한대요. 점심식사는 저 옆에 식당에서 잡수시면 되는데."

"아뇨. 저희 소방서에 식사 준비돼 있어서 가봐야 해요. 이따가 식사하시고 출동 또 걸어주세요."

마취약도 다 떨어지고 돼지도 못 잡고 신고자 아주머니와 어색한 대화만 이어졌다. 분위기를 전환하려는 듯 모두 나에게 시선을 옮겼다.

"근데 최반장. 어디 있었던 거야?"

"반장님. 어디 있다가 나온 거예요?"

"아니 형! 형은 왜 무전을 안 받아? 무전기 안 가져갔어? 소리쳐도 대답도 안 하고."

내 동기까지 성화다 아주.

"어? 어…… 나 무전기를 놓고 갔더라고."

내가 말했다.

"형은 도대체 혼자 어디서 뭐 한 거야?"

일했지! 그럼 내가 이 복장으로 커피 마시고 왔겠냐? 봐봐. 나 지금 무릎 까졌다고. 그러고 보니 너 무릎 까진 사람한테 말을 함부로 하는 못된 아이구나! 왜 구조대는 마취총을 하나밖에 안 사줘가지고 사람 힘들게. 그리고 내가 호주에서 악어 농장 일을 한 건 맞는데 악어랑 돼지랑 뭔 상관이냐고. 야. 나도 돼지 무서워. 뱀 징그러. 정 답답하면 네가 마취총 쏘든가!

이렇게 말을 하고 싶었지만 꾹 밀어 넣고 참았다. 숨넘어가도록 뛰고도 돼지를 잡지 못해 억울한데, 겨우 연락 안 된다는 이유로 답답해하는 동기에게 살짝 서운했다.

오늘 이 열정의 출처를 곰곰이 생각해보니 어젯밤에 본 영화 〈대호〉가 떠올랐다. 마지막 장면까진 못 보고 잠들었는데, 최민식 배우님의 스피릿이 수면 중에 스며들었던가 보다. 뭐랄까 그…… 고독한 사냥꾼들의 정신적 교감이랄까.

사람이든 동물이든 각자 사정이 있어서 집을 나가는 거겠지만 다시 집으로 들이는 게 왜 이리 힘든지 모르겠다. 옛말에 집 나가면 고생이라고 했는데, 다시금 그동안의 사건들을 떠올려보니 집 나가면 모두가(뛰는 놈이나 잡는 놈 모두) 다 고생이란 말이 더 맞는 것 같다.

　잡힐지 안 잡힐지도 모르는 동물 잡겠다고 마취총을 들고 뛰어다니는 소방관들을 혹시 보게 된다면 고생한다 말 한마디라도 해주시길 바란다. 그들도 다 사연과 사정이 있는 사람들이랍니다.

행복하자 우리 아프지 말고

밤 12시 15분

"반장님! 준비는 다 했습니다. 이제 어떡할까요?" 나는 긴
장된 목소리로 선임 반장님께 물었다.

"이다음부터는 제가 할게요. 자리 좀 비켜주세요."

"예. 반장님."

내가 들고 있던 장비를 선임 반장님께 넘기며 구조대원 8년
차의 경험을 믿기로 했다. 선임 반장님은 그곳을 덮고 있던
뚜껑을 들어 올렸다. 그러자 뿌연 수증기와 엄청난 열 기운
이 피어올라왔다. 그는 아무렇지도 않은 듯 살짝 미간을 찌
푸리며 자신이 해야 할 일에만 집중했다.

"이반장! 그쪽 다 뜯어놨어?" 선임 반장님이 물었다.

"아 예! 여긴 다 끝났습니다. 지금 넣을까요?"

"아니! 기다려! 아직 아니야." 다급한 목소리로 지시했다.

한 치의 실수도 용납할 수 없는 작업이었다. 우린 한 걸음
뒤로 떨어져 그 상황을 지켜보는 수밖에 없었다. 이 작업은
두 명이 손을 대는 순간 이것도 저것도 아닌 게 되어버린다.
또한 책임을 나눠진다는 건 있을 수 없다. 소방서에서 하루
라도 일을 해봤다면 이해할 수 있는 일이었다. 온전히 홀로

모든 책임을 지고 싸우는 고독한 작업인 것이다.

"지금쯤 넣어도 될 것 같은데요."

상황을 지켜보던 입사동기 박반장이 작지만 소신 있는 말을 내뱉었다. 사실 박반장은 선임 반장님보다 소방서 경력은 짧지만 이 일에 잔뼈가 굵은 친구였다. 그것을 증명이라도 하듯 100킬로그램이 넘는 몸과 피지컬이 말을 하고 있었다. 언뜻 몽골 씨름선수 같기도 했다.

"아직 아니야! 조금 더 기다려!"

선임 반장님은 박반장의 말을 곧바로 잘랐다. 그러곤 박반장의 얼굴을 한번 쓱 쳐다보았다. 묘한 긴장감이 흘렀다.

"지금이야! 다 넣어!"

"한꺼번에요?"

"어! 다 넣어!"

우리는 손에 들고 있던 것들을 다 투입했다. 다시 한번 수증기가 하얗게 선임 반장님의 얼굴을 덮쳤다. 선임 반장님도 이번엔 냄새가 매웠는지 고개를 돌려 수증기를 피했다. 쿨럭. 살짝 박반장의 타이밍이 맞지 않았을까 하는 생각도 들었다.

"가서 팀장님 모시고 와!"

"아니. 벌써요?"

"그래. 다 끝났어. 모시고 와."

그런데 팀장을 모시러 갔던 박반장이 홀로 뛰어 들어왔다. 잘 모르겠다는 표정으로 선임 반장님께 보고를 했다.

"팀장님은 안 드신다는데요."

3시간 전 우리들의 대화

심바 씨   반장님! 이따 라면 끓일 건데 드시겠어요?

선임 반장님   아~ 어제 몸무게를 재봤는데 1킬로그램 또 늘
            었더라고요. 94킬로그램예요, 94. 이제 야식 안
            먹어야지. 반장님 저 부르지 마세요. 저 야식 안
            먹어요.

이반장   저 살 너무 많이 쪄가지고 이제 야식 못 먹습니
         다. 제대로 운동 시작하려고 준비하고 있어요.

심바 씨   야 박반장! 넌 먹을 거지?

박반장   아 형! 저 야식 이제 진짜 안 먹어요.

심바 씨   (〈닥터 스트레인지〉의 손동작을 흉내 내면서) 아닌데~
         먹는데~ 내가 미래를 다녀와 보니 너 먹고 있
         던데~.

박반장   저 다이어트 중이에요. 안 먹어요.

결국 먹을 거면서 우린 한참을 서로 속고 속이다 밤 12시
가 넘으니 또 주방에 모였다. 마지못해 먹는다는 사람들이
대충 끓이지도 않는다. 마치 반도체 정밀 공정을 하듯 어찌
나 신중했는지 라면 끓일 때는 서로 눈도 안 마주치더라.

"우리 이왕 이렇게 된 거 4대4 씨름대회나 나갈까?"

"반장님. 씨름 선수들도 이렇게 안 먹어요."

"크크크크."

영양실조 걸릴까 봐 짜파게티에 계란까지 풀어서 먹는 구조대원들이었다. 다들 운동을 많이 해서 근육량이 많긴 한데 그 근육들은 아직 세상의 빛을 보지 못했다. 내년 여름엔 꼭 식스팩에 자외선을 쐬어주자며 파이팅을 외쳤건만 짜파게티, 계란, 양파, 고춧가루, 들기름, 밥이 뒤섞여 기름기 자글자글한 욕망의 비빔밥을 보고 그냥 지나치지 못했다. 한때 운동선수 소리를 듣던 쥐똥만 한 자아가 나를 괴롭게 했다.

인사이동으로 모두 흩어져 이제는 추억이 된 먹방의 시간이다. 가끔씩 오가며 서로의 안부를 물을 때 보니 각자의 자리에서 (몸)무게를 잃지 않고 잘 지내는 것 같아 안심이 되었다. 이따금 전주 구조대로 가신 선임 반장님의 말이 생각난다. 의사는 의술로 사람을 구하지만 구조대원은 몸무게로 사람을 구한다고. 현장에서 큰 힘을 쓰는 구조대원에게 틀린 말은 아닌데 변명처럼 들리는 건 기분 탓인가 보다.

마지막으로 입사동기 박반장에게 전한다.

"박반장아. 저번에 너희 집 놀러 가니까 살 뺀다고 풀 뜯고 있더라. 좋아. 그런데 있잖아, 샐러드도 그렇게 많이 먹으면 살쪄. 코끼리도 풀만 뜯거든."

행복하자 우리. 아프지 말고.

오늘은 돼지 잡는 소방관으로

    기상청은 올해 여름 기록적인 폭염을 예상하였다. 하지만 기록적인 폭우가 오면서 절반은 틀렸다. '기록적인'만 맞은 셈이다.

    얼마 전 뉴스와 여러 미디어에서 소방관의 죽음을 다뤘다. 전남 구례에서 한 구조대원이 폭우로 불어난 계곡에 빠진 민간인을 구하러 들어갔다가 빠져나오지 못했다. 충북 충주에서는 구조현장으로 출동하던 소방대원이 도로 유실과 함께 실종되는 사건이 발생했다. 우리는 한동안 먹먹해진 가슴 위로 근조리본을 달았다. 이렇듯 이번 장마는 우리 소방관들에게도 다른 면으로 의미가 생긴 기록적인 날씨였다.

    섬진강 제방이 무너져 물에 잠긴 마을이 다행히 하루 만에 뭍으로 드러났다. 소가 지붕 위에 있다는 신고를 접수한 뒤 도착한 마을은 말 그대로 엉망이었다. 인도에 와 있는 것 같기도 하고 아프리카에 있는 것 같기도 한 광경은 가축들이 저마다 자유로운 방식으로 마을을 장악했기 때문이다.

    어떤 황소는 정자 안에 들어가 있고 돼지는 강가에 머리를 묻고 더위를 피하는 중이었다. 한쪽에선 같은 서의 소방관 네 명이 돌진해오는 소를 피해 후다닥 전봇대 뒤로 피하는 모습이 연출되기도 했다. 전봇대 뒤에 팀장님, 그 뒤에 선임 팀원, 또 그 뒤에 팀원 서열순이었다.

구조활동을 위해 도착한 그곳은 소를 키우는 한 농가였다. 여기까지 오는 길에 워낙 폐허를 많이 본 까닭에 지붕이 번듯한 이곳을 보니 왠지 미안함이 덜 느껴졌다. 높은 철조 구조물에 소 한 마리가 여물을 먹기 위해 서 있었는데 특이한 것은 그 주변에 물구나무를 서 있는 다른 한 마리의 모습이었다.

물구나무라…… 가까이 다가가 보니 한 마리는 천장에 목이 매달려 죽어 있고 또 한 마리는 한쪽 다리가 천장에 걸린 채 거꾸로 죽어 있는 상태였다. 게다가 곳곳엔 가스로 배가 빵빵해진 죽은 소들이 옆으로 누워 있었다. 어린 송아지는 죽은 어미소 옆을 지키며 늦은 잠이 깨기를 기다렸다.

농장주인은 한걸음에 달려와 우리들에게 하소연을 하였다. 죽은 소들이야 장비로 내리면 되지만 지붕 위에 있는 소나 무너진 지붕에 갇혀 땡볕에 말라가는 소들은 어쩌냐면서 속히 도와달라는 것이었다. 안전이 확보되지 않는 지붕 작업은 구조대 입장에서도 쉽게 실행할 수 있는 일이 아니었다. 주인에게 우리도 어쩔 수 없다 말하고, 대신 현재 갖고 있는 장비로 무너진 지붕을 수습해보기로 했다.

안전장비를 모두 착용하고 유압절단기와 동력절단기를 들고 위풍당당하게 들어갔지만 종아리까지 오는 소똥과 그 냄새에 살짝 기세가 꺾였다. 한쪽에서는 그럼에도 아랑곳 않고 동남아 청년들이 열심히 작업을 하고 있었다. 한땐 나도 호주 농부로서 호주 농가의 번영과 부흥을 위해 이 한 몸 다 바쳤던 적이 있다. 워킹홀리데이에 '홀리'는 빠지고 '워킹'만 있는 나날들이었지만 꿈을 위해 살았던 행복한 시절이었다. 저 친구들도 가족들의 기도와 응원을 받으며 하루하루 버텨가는 거겠지.

손동작으로 내가 할 테니 조금 비켜달라고 알린 후 본격적으로 복구 작업을 시작하였다. 내려앉은 지붕 반대편의 소들이 들어올 수 있도록 철 구조물을 잘라 문을 만드는 작업이었다. 처음에는 문 하나만 만드는 것이었는데 농장주인의 간곡한 부탁에 하나 더 만들어주고 또 잘라주기를 반복했다. 찌는 듯한 더위에 방화복을 위아래로 입고 고중량의 유압장비로 작업하는 일은 결코 쉬운 게 아니었다. 점점 우리는 지쳐갔고, 그와 달리 농장주인은 점점 더 무리한 요구를 이어갔다.

다리도 후들거리고 땀도 너무 많이 흘린 탓에 눈앞이 아른거릴 즈음 선임 반장님이 농장주인에게 작업 중단을 선언했다. 이 정도로 체력을 소모했다가 화재 현장이나 인명사고 현장으로 추가출동을 나갔다간 구조대원들의 목숨이 위태하다는 이유에서다. 맞는 말이었다. 실제로 화재 현장에서 체력이 다하여 위험했던 순간을 경험했던 적이 있다.

주섬주섬 장비들을 챙겨서 산악구조차 쪽으로 이동하였다. 차 주변엔 우리들이 작업한다는 소문을 듣고 주변 농민 분들이 몇몇 와 계셨다. 우리를 향해 죽겠다는 말을 반복하며 도움을 요청했다. 몸이 힘드니 마음이 얼었고 그 하소연이 귀에 닿지 않았다. 깡 생수 두 병을 비우는 사이 팀장님께서 우리 쪽으로 천천히 걸어왔다. 한동안 머뭇거리더니 어렵게 말을 꺼냈다.

"그냥 그늘에서 좀 쉬었다가 한 번 더 도와줍시다! 이거 우리 아니면 누가 하냐. 응? 괜찮지?"

잠시 팀원들 사이에 냉랭한 분위기가 맴돌았다. 옆에 앉은 동기의 입술이 눈치 없게 삐쭉 마중나왔길래 내가 손으로 밀어 넣었다. 팀장님은 팀원 한 명 한 명의 이름을 부르며 말로 다독여주셨다. 결국 다시 힘을 내어 작업을 마무리 짓고 소방서로 복귀하였다.

그 뒤로도 폭우와 관련하여 며칠을 더 출동하는 동안 팀장님이 하셨던 말이 양말 속 모래알처럼 까끌까끌하게 계속 걸렸다. 지렁이만 한 뱀을 잡았을 때 평균 몸무게 88킬로그램의 구조대원들로서는 재능 낭비라며 투덜댔는데, 생각해보면 우리가 아니면 누가 이런 일을 할까. 어떠한 부름에도 현장에서 답을 만들어내야 하는 게 우리 소방관들의 사명인데 속으로 '이건 시청 일이네' '업체 일이네' 이러고 있던 내가 부끄러웠다.

그렇다. 나는 그런 일을 업으로 하는 사람이다. 일반인들이 힘들어하는 일, 어려워하는 일을 해주는 사람. 때론 불어난 계곡 물에 빠진 사람을 위해 목숨을 걸고 뛰어드는 사람이다. 어쩌다 화가 잔뜩 난 황소에 쫓겨 다니기도 하지만 사고 현장에서 나의 손은 마치 신이 내미는 구원의 손길이 된다.

폭우가 지나고 얼마 뒤 길거리에 돼지가 돌아다닌다고 잡아달라는 요청을 받았다. 비가 자박자박 내리는 날씨에 무려 200킬로그램이나 나가는 흑돼지는 이미 뛸 준비를 마치고 도로 위에서 몸을 풀고 있었다. 마취총은 어림도 없고 이 방법 저 방법 다 써보아도 해결되지 않으니 팀장님이 나를 향해 다급하게 외쳤다.

"최반장, 그냥 막 휘둘러 잡아!!"

그때부터 나는 대형 포획망채 들고 뛰기 시작했다. 비 오는 날 광자가 된 나와 돼지는 한참을 나란히 뛰었다. 이럴 줄 이미 알았다면 귀에 꽃이라도 꽂고 나왔겠지. 뛰고 또 뛴 나머지 결국 휘두른 마지막 한 방에 돼지가 진짜로 잡혔다. 한국의 파브르가 되기 위해 잠자리채를 휘두르던 어린아이는 커서 돼지를 잡게 되었다.

그날 나는 돼지 잡는 사람이었다.

내일 출근하면 어떤 사람으로 살게 될까. 길가에 쓰러진 나무를 자르는 목수가 될 수도 있고, 어깨에 들것을 메고 산을 타는 산악인이 될 수도 있다. 그 모습을 결정짓는 것은 내

가 아니다. 국민들의 요구가 곧 나의 모습이 된다. 덕분에 땀
냄새는 기본이고 열심히 빨아도 옷엔 항상 검댕이가 묻어 있
다. 그 더러움(?)이 부끄럽지 않도록 최선을 다해 살아간다.

소방관과 컵라면

예전에 화재 출동을 나간 소방대원이 땀에 젖은 채로 컵라면을 먹는 모습이 한 커뮤니티에서 화제가 되었던 적이 있다. 깡마른 생수병마저 짠해 보이는 이 사진은 일파만파 온라인에 퍼져 소방관들의 현주소를 알리는 계기가 되었다. 덕분에 국가직도 이루었고 소방장비들도 쌩쌩한 놈들로 바뀌고 있으니 컵라면이 해낸 성과가 과연 적지 않다. 소방 조직에 몸담아 생활하면서 느낀 컵라면과의 미묘한 상관관계에 대해 적어볼까 한다.

신기한 직장 문화

지역차가 있겠지만 적어도 내가 일하는 곳에는 신기한 직장 문화가 있다. 그건 언제든 컵라면을 먹을 수 있다는 것이다. 개수는 모르겠다. 내 동기는 컵라면을 한 번에 두 개씩 먹는데 돼지냐, 식충아, 돈 내라, 소리만 듣게 될 뿐, 따로 개수 때문에 이야기를 듣진 않는다. (이미 들은 건가?)

아무튼 분명 직장은 직장인데, 사무실에서 먹고 싶을 때면 어느 때나 컵라면을 먹을 수 있는 신기한 문화를 가지고 있다. 컴퓨터로 문서작업을 하다가 찬장에서 컵라면을 스윽 꺼내어 먹고 자리로 가서 하던 일을 마저 한다. 황당해 보이지만 내겐 익숙한 모습이다. 그래도 아직 막내이기에 동기 한 명을 꼭 끼고 먹긴 한다. 한 번에 두 개 먹는 친구로.

이 신기한 문화는 출동부대라는 소방서의 특성 때문에 가능하다. 소방직도 내근직과 외근직으로 구분이 되는데, 내근직은 주 5일 사무실에서 행정업무를 주로 하고, 외근직은 내가 몸담은 구조대처럼 출동 업무를 담당한다. 외근직은 출동하여 현장에서 작업을 하는 것이 주업무이다 보니 늘 몸에 에너지가 있어야 한다.

보통 불을 끄게 되면 모두 진화될 때까지 쉬지 않고 움직여야 하므로 배가 고프거나 에너지가 부족한 상황에 큰 화재 출동을 나가게 되면 지옥을 맛보고 돌아오게 된다. 자칫 힘이 부치면 스스로 위험에 빠질 수도 있기 때문에 수시로 에너지를 보충해야 한다. 그래서 이런 문화가 만들어진 게 아닌가 생각이 든다. 적어도 우리들에게 한밤중에 "라면 먹고 갈래?"라는 말은 정말 순수하게 라면 먹고 가자는 의미로 사용된다.

사무실 필수품

"뭐야? 라면이 왜 없어?!" 최근 선임 반장님으로부터 최고 데시벨을 경험했다.

소방서의 장점이라면 분위기가 좋다는 것이다. 어딜 가나

하하호호 소리가 난다. 아무래도 돕는 일을 하다 보니 생각도 분위기도 긍정적인 방향으로 가는 듯하다. 하지만 사무실에 라면이 없으면 그 좋았던 분위기가 순간 폭 가라앉는 걸 경험한다.

일전에 물품 구매하는 대원이 바빴는지 일주일간 라면이 없었던 적이 있다. 소방 선배들은 소방조직이 조선시대에 금화도감으로 불리던 때 이후로 처음 발생한 사태라며 분노를 감추지 못했다. 공기통에 공기가 없는 건 숨 참고 넘어가도, 사무실에 컵라면이 없는 건 참지 못한다.

평가의 잣대

구조대원들에게는 각자 업무가 하나씩 배정이 된다. 현장에 나가면 다 같이 힘을 모아 구조활동을 벌이지만 사무실에 들어오면 행정, 장비, 방호, 현장대응 등 사무업무가 주어진다. 그중 일상경비라는 업무가 있다. 딱 한 사람이 맡고 있는 업무로 대원들의 초과근무 수당, 공금 지출내역, 물품 구매 등을 전담한다.

재미있는 건 일상경비 대원의 근무 평가는 라면을 고르는 센스로 평가를 받는다는 것이다. 정작 중요한 초과근무 수당 정리는 원체 당연한 일이라 그리 민감하지 않은데, 라면 선택이 센스 없으면 일을 좀 답답하게 한다는 평이 나온다. 뭐 이건 답이 없다. 암튼 컵라면 종류를 다양하게 사오면 센스 있는 축이다.

의용소방대

화재현장에 가면 녹색 조끼를 하나씩 입고 주민들이 한 명씩 나타난다. 그들은 연기가 풀풀 나는 현장에도 마스크 하나 없이 우리의 일을 열심히 돕는 조력자인 의용소방대원들이다. 시골에서 이분들의 역할은 매우 중요하다. 불 냄새가 났다 치면 조끼를 걸치고 일단 모인다. 주민들 대피도 시키고 동네 김 씨한테 전화를 걸어 포클레인도 단시간에 섭외를 끝마친다. 위에 언급했던 유명한 사진 속 소방관이 먹던 컵라면의 출처도 사실은 의용소방대다.

포클레인 다음 단계는 냉커피다. 냉커피를 다 마셔도 불이 꺼지지 않으면 한쪽에서 물을 바글바글 끓여 컵라면에 부어주신다. 함께 싸온 김밥과 어묵을 우걱우걱 먹고 우린 또다시 관창을 잡는다. 소방관들이 힘을 낼 수 있도록 배트맨의 집사 알프레드와 같은 역할을 톡톡히 해주신다. 이분들의 응원과 서포트가 있고 없고는 차이가 워낙 커서, 이분들 없을 땐 뭐랄까 생라면 먹는 느낌?

사진 속 컵라면 먹는 소방대원의 모습은 짠해 보이지만 사실 우린 컵라면을 사랑한다. 한번씩 이런 이야기를 한다. 우리는 진짜 맛있어서 먹는 건데 사람들이 오해한다고 말이다. 그래서인지 기자한테 사진 찍히지 않으려고 종종 천막 안쪽에 모여서 먹곤 한다.

 생각해보니 컵라면의 역할이 컸다. 공무원 준비하는 내내 나의 시간과 돈을 아껴주었고 이젠 내가 버틸 수 있도록 에너지가 되어주니 말이다. 그러니 어찌 컵라면을 사랑하지 않을 수 있겠는가. 여전히 소방관들의 처우 개선이란 숙제가 남아 있지만 적어도 컵라면은 좋아서 먹는 걸로 마무리하겠다.

일곱 번째 베개

　최근에 어깨 부상이 있었다. 상반기 내내 전술훈련을 한다고 로프를 잡아당겼더니 양쪽 어깨가 나갔다. 한 번 나간 어깨는 집 나간 며느리마냥 쉽사리 돌아오지 않았다. 꾸준한 재활로 돌아왔는가 싶더니 교통사고 현장에서 요구조자를 들다가 오른쪽 어깨가 또 나갔다.

　어깨 마사지를 위해 심신 안정실의 문을 빼꼼하고 열었더니 신입 소방사들, 일명 '사때기'들이 바닥에 벌러덩 배를 보이고 누워 있었다. 이건 진짜 팀장님한테 걸리면 라떼 한 사발 감이다. 너무 놀라 나도 모르게 큰소리가 나갔다.

　"아니 반장님! 여기서 지금 뭐 하시는 거예요!"

　"어~ 오셨어요?"

　"이 시간에 누가 보면 어쩌려고 그러세요?"

　"아 반장님. 저희 지금 베개 체험하고 있는 거예요."

　바닥에는 신상 베개 두 개가 깔려 있고 소방서 신입들이 이리 뒹굴 저리 뒹굴 몸을 옆으로 굴리며 자신들이 잠잘 때 취하는 시그니처 포즈를 취하고 있었다. 옆 센터 반장님이 침침한 눈을 껌뻑껌뻑하며 나를 반겼다.

　"반장님은 아침에 안 피곤하세요?"

순간 소방서에 입사한 이후 나의 머리를 거쳐간 베개들이
생각났다.

　첫 번째 '누군가 베었던 베개': 반짝거리는 계급장을 어깨
에 얹고 소방서에 온 첫날 야간근무였을 때, 아무 준비가
없던 내게 선배 소방관이 던져준 누군가의 베개.
　두 번째 '보급 베개': 소방서에서는 생각보다 보급이 잘
나온다. 국민들의 걱정과 염려 속에 새로운 장비가 지급
되어 신입 소방관들에게 새로운 베개가 들어왔다. 근데
좀 높다.
　세 번째 '라텍스 베개': 태어나 처음 산 베개. 머리가 무거
워서인지 너무 푹 들어간다.
　네 번째 '경추 베개': 커다란 소시지가 왔다.
　다섯 번째 '메밀 베개': 최근 내 승모근에 담을 선물해준
친구다.

"형 좀 잤어요?"
"아니. 그리고 너 코고는 소리 때문에 귀에서 삐- 소리 나."
"미안해요 형. 근데 나도 형 때문에 설쳤어요."
"어. 미안하다."
　야간근무 다음날 아침 두 코골이들의 흔한 대화다. 소방서
는 야간근무 시엔 밤 11시까지 각종 일과가 정해져 있고 그

후로 아침 7시까지는 출동 대기모드로 들어간다.

보통은 11시부터 업무나 자기계발을 하며 사무실에 있다가 새벽 1시쯤 대기실로 들어가 출동 대기를 한다. 소방관들은 그곳에 모여서 신발만 벗은 채 누워서 가수면을 취한다. 야간의 출동은 밝은 주간보다 더욱 위험하다. 화재 연소를 위해 불 꺼진 지붕에 올라가 지붕을 뜯으며 불씨 확인 작업을 해야 한다. 깜깜한 지붕에서 아슬아슬한 곡예를 부릴 때엔 정말이지 진땀이 난다. 위험물을 실은 트럭이 고속도로에 쓰러져 있는 현장에 투입이라도 되면 자칫 큰 사고로 이어질 수 있다. 그래서 새벽 시간엔 잠깐이라도 이런 휴식이 필요하다.

대기실은 4~5평쯤 되어 보이는 방에 3교대 팀원들의 캐비닛이 빼곡하게 벽을 두르고 있고, TV 한 대와 이불장이 놓여 있다. 소방서마다 환경은 제각각이다. 우리 구조대는 샤워실도 딸려 있어서 그나마 괜찮은 편이다.

신입교육을 받는 한 달 동안 지냈던 한 소방서 대기실은 커다란 공간이 벽으로 구획되어 있지 않았다. 캐비닛을 파티션처럼 세워 구조대, 경방, 구급대원의 경계로 삼았다. 딱히 큰 문제는 없어 보였지만 나중에 이 이야기를 들은 동료들은 내 등 뒤의 귀신이라도 본 듯 소스라치게 놀란다.

"그럼 다 같이 모여서 코를 곤다고요?"

그렇다. 문제는 우리 코골이들이다. 세상을 살면서 모든 상황엔 파레토 법칙이 숨어 있다는 사실을 깨달았다. 8:2 법칙. 백화점에서 20퍼센트의 고객이 백화점 총매출의 80퍼센트를 담당한단다. 그 말을 대기실에 대입해보면 10명의 팀원 중 2명이 대기실의 소음 80퍼센트를 담당하게 된다는 뜻이다. 그 많은 인원의 20퍼센트가 한 공간에서 코를 골고 있으니, 잠귀 예민한 사람들에게 얼마나 소름끼치는 일이었을까.

가끔 강제로 9:1 법칙을 만드는 위력적인 예외도 있었다. 나는 간밤에 누가 착공기로 벽을 뚫고 있는 줄 알았다. 너무 깜짝 놀라서 눈을 떠보니 옆 자리 반장님은 양반자세로 앉아 마음의 평화를 찾고 계셨다. 시간이 지날수록 '9:1 반장'을 제외한 나머지 팀원들의 피부가 점점 푸석푸석해져 갔다.

다른 팀으로 옮긴 나는 코골이를 담당하던 동기와 함께 구조대장님실로 쫓겨났다. 딱 두 명이 누울 수 있는 공간에 양 옆으로 베개를 베고 눕는다. 그때부턴 창과 방패의 대결이 시작된다. 먼저 잠이 들어 상대방을 뚫을 것인지, 아니면 내가 잠들기 전에 이놈의 공격으로부터 뚫릴 것인지…… 치열한 수 싸움 끝에 매번 서로 만족스러운 결과를 얻지 못하고 아침을 맞이한다.

꿈을 꾸었다. 장대비가 내리는 칠흑 같은 어둠 속을 구조차가 뚫고 가고 있었다. 미친 듯이 내리는 비에 도로 옆 토사가 무너져 내려 나무고 흙이고 할 것 없이 도로로 흘러나와 더 이상 앞으로 갈 수가 없었다. 나는 코골이 동기와 함께 차에서 내려 삽으로 흙을 떠내기 시작했다. 비를 맞으며 허리가 끊어질 듯 삽질을 했던 꿈이었다.

돈이 비처럼 내리면 난 삽으로 퍼 담으려나. 퇴근하고 로또나 살까. 베개를 치우고 일어나 신발을 신으려고 보니, 이런! 신발에 흙이 묻어 있다. 꿈이 아니었네.

아침 7시가 되면 소방서는 다시 활기를 띤다. 간밤의 삽질로 내 몸은 활기를 잃었다. 하룻밤 사이에 지구의 중력이 세진 건지, 아님 체중이 불은 건지, 출동 한 번 다녀왔다고 발이 땅에 박히는 느낌이다. 사무실 창문을 열어 환기시키고 화장실로 가서 마대걸레를 하나 빨아서 들고 사무실로 돌아왔다. 오는 길에 안전센터 직원들이 뒷목을 잡고 대기실에서 하나둘씩 빠져나오는 게 보였다.

역시 가장 피곤해 보이는 건 구급대원들이다. 구급대원들의 업무 강도는 상상을 초월한다. 간밤에만 몇 건씩 호출을 받고 구급차에 몸을 싣는다. 다른 소방차들도 도로 위에선 촌각을 다투지만 구급차만큼 신속하게 이동을 해야 하는 차가 또 없기에 교통사고에 항상 노출되어 있기도 하다. 그나마 내가 있는 지역은 시골이라 출동이 엄청 많은 편은 아니지만 도심지의 구급대원들은 우리들 사이에서 진정한 소방관이라는 말이 나온다. 거의 휴식 없이 산다고 보면 된다.

가끔 그런 말을 듣는다. 경방대원들이나 구조대원들은 화재가 나면 목숨 걸고 불길과 싸우는데, 구급대원은 안전한 지역에서 기다렸다가 환자를 병원으로 이송만 하는 것일 텐데, 이에 불합리함을 느끼지 않느냐는 질문이었다. 정확히 말하지만, 아니다. 이 사람들은 평소에 자신의 생명 에너지를 깎아서 사는 사람들이기에 존중받아 마땅하다.

심신 안정실에서 새 베개를 베고 이리저리 굴러보니 느낌이 괜찮았다. 베개 체험단 반장님들을 순간 꿈나라로 보내버린 걸 보면 이 베개의 곡선은 과학이다. 가까운 미래에 이 놀라운 과학을 체험한 대한민국 사람들이 전부 주문을 해버리면, 나중에 추가 구매를 할 수 없을 것만 같은 불안감이 들었다. 그 자리에서 두 개를 더 주문했다. 다음 주기에는 이 베개를 벨 수 있다는 설렘에 야간근무가 기다려지기까지 했다.

결론부터 이야기하면 이 여섯 번째 베개도 나에게 편안한 밤을 가져다주진 않았다. 며칠 전 고향집에 다녀올 일이 있었는데, 예전에 집에서 내가 맨날 베고 자던 소파의 쿠션을 가져왔다. 익숙함이 주는 편안함은 과학보다 위대했다. 나의 일곱 번째 베개가 마음에 쏙 든다.

솔직히 베개가 나의 피로감을 드라마틱하게 해소해주거나 혈색을 바꿔주지 못한다는 걸 안다. 그저 이 일에서 오는 스트레스와 피곤함을 베개 탓으로 돌린 것은 아닌가 생각해본다. 코골이 동기의 콧구멍을 막는다고 큰 변화가 올 걸 기대하지도 않는다. 이렇게 짧은 주기로 밤낮이 바뀌며 살다가 은퇴를 하면 일찍 죽을까 하는 염려도 조금 있다.

늘 삶이 불안정한 우리에게도 걱정인형 같은 게 필요해서 였던 거 같다. 직업이 주는 불안함과 긴장감을 잠시라도 맡길 수 있는 친구는 베개가 유일했으니까. 소방관들은 다들 비슷하게 사는 것 같다. 이럴 줄 알고 들어온 사람들이기에 후회하지 않는다.

긴박한 출동 사이렌, 코골이들의 합창, 만족감이 없는 베개 등 온통 불편한 것뿐인 밤이다. 오늘도 기꺼이 그 밤을 맞이 한다.

3

×

오늘이 마지막
하루라면

분명 언젠가 내게도 보통날처럼
찾아올 것이다.
마지막이 될지도 모를 날이.
그래서 오늘 하루도 의미 한 스푼,
추억 한 스푼 넣고 휘저으며 살아간다.
그게 나의 답이다.

노인을 위한 나라는 없다

구조차는 신호도 무시한 채 덜컹덜컹 남원 시내를 질주했다. 우리를 위해 비켜준 차량을 향해 가볍게 목례만 할 뿐 그 이상의 표현도 생각도 할 겨를이 없었다. 그저 쓸쓸히 그분이 얼마나 우리를 기다리고 있을까란 생각만 들었다. 차 안에서도 어떻게 구조작업을 해야겠다는 상의도 한마디 없이 모두 앞만 보고 있었다. 현장을 눈으로 보지 않는 한 믿기 힘들었고 믿기도 싫은 사건이었다.

세상에 조롱거리가 되기 전에 빨리 현장에 도착해야 했다. 한시가 바빴다. 구조차가 한적한 시골 도로로 접어들자 저 멀리 고가다리가 보였다. 그리고 그 다리와 땅 사이쯤 한 노인이 목에 끈이 걸린 채 매달려 있는 것이 눈에 들어왔다.

팔십 중반의 노인이었다. 그 노인은 다리 중앙까지 전동휠체어를 이용해 지나가고 있던 중이었다. 전동휠체어는 비닐 포장이 아직 벗겨지지 않았고 바퀴도 오래돼 보이지 않았다. 노인의 복부에 투석을 위한 튜브가 있는 것을 보니 건강하게 돌아다니시는 분이 아니라 오랜 시간 누워 지내신 것 같았다. 휠체어 의자 주머니에서 막대설탕이 들어 있는 비닐봉지를 발견했다. 아마 당뇨도 있으셨던 것 같다. 저혈당이 온 노인에게는 사탕을 입안에 굴리는 것보다는 막대설탕 한 포를 입에 털어 넣는 게 더 효율적이었을 것이다.

바리케이드에 묶인 빨랫줄이 잘 풀리지 않도록 단단하게 매듭이 지어져 있는 걸 보니 당시의 의지가 얼마나 강했는지를 알 수 있었다. 거동이 불편한 노인이 죽기 위해 죽을힘을 다해 뛰어내린 장면이 현장에 그대로 남아 있었다. 무엇이 이 노인을 스스로 죽음에 이르게 했을까.

나는 어린 시절 할머니의 손을 많이 탔다. 잘 기억나진 않지만, 누나는 몰라도 나만큼은 할머니께서 땅에 내려놓지 않고 늘 업고 다녔다고 했다. 나에게도 의식이라는 게 생겼을 무렵 할머니는 치매라는 병에 걸려 시도 때도 없이 웃으셨다. 식사를 하는 자리에서 밥을 드시다가 큰 웃음에 밥풀이 온 상을 뒤덮으면 아버지께서 매우 속상해하셨다.

어머니의 병세를 걱정하며 속상해하는 아들의 모습을 할머니도 알았는지 정신이 들 때면 매번 "내가 빨리 죽어야 너희들이 편하게 살지"라는 말을 하셨다. 점점 밖에 나가는 일이 줄어들고 우리들에게 다가와 말을 거는 일도 점점 없어졌다. 그저 학교가 끝나고 집에 돌아오면 할머니께서 방문을 여시며 "아가 왔냐?" 하며 누나와 나의 귀가를 반겼다. 그렇게 할머니는 할머니의 주문처럼 우리의 성장을 보지 못하고 일찍 돌아가셨다. 할머니는 본인이 빨리 죽어야 우리가 편하게 산다며 입버릇처럼 말했지만 꼭 그렇진 않았다.

할머니는 스스로 자살을 선택하지 않았지만 오랜 시간 내게 많은 질문을 남겼다. 어린 마음에 난 '할머니가 우리와 사는 게 행복하지 않나' '왜 자꾸 돌아가시려 하지'라는 의문이 들었다. 나중에 커서 할머니한테 효도도 하고 맛있는 것도 사드려야겠다 했는데, 그런 말을 하는 할머니를 나는 이해할 수 없었다.

할머니가 밥상에서 밥풀이 튀도록 웃어도 아무렇지 않았고 할머니 냄새를 싫어한 적도 없었는데 할머니는 본인이 스스로를 견디기 힘들어하셨던 것 같았다. 여러 이유가 있었겠지만 더 나아지리란 희망이 없어서였을는지 모른다.

게다가 할머니는 친구가 없었다. 사람이 나이를 먹으면서 가장 슬픈 것은 몸은 늙는데 마음이 늙지 않는 거라고 한다. 그래서 세상은 '여러 나이대의 몸을 입고 살아가는 아이들이 모여 사는 곳'이라고도 하지 않던가.

우리 할머니는 거동이 불편한 몸을 입고 점점 고립되어 갔다. 아마 언젠가부터 세상에 자신만 살아 있음이 싫었을 수도 있다. 아끼던 친구가 세상을 하나둘씩 떠날 때 몸이 불편한 아이는 그 상처들을 가슴에 품고 살아야 했을 테니 말이다.

사춘기가 다시 시작이라도 된 듯 하루하루 변화하는 신체에 적응하느라, 또 가족들에게 짐이 되지 않기 위해 고민이 많았을 텐데. 가진 게 치마 속 주머니에 꼬깃하게 접힌 지폐 몇 장이 전부였기에 스스로 측은했던 그 마음을 알아주었다면 좋았을 텐데…… 그때 나는 너무 어렸다. 미안해요 할머니. 봄날에 꽃이 좋아 창밖으로 꽃잎을 마중하던 노인이 된 아이는 사실 죽고 싶지 않았으리라.

다리 위에서 보니 후발로 도착한 소방관들이 땅에 내려진 노인을 향해 냇가를 첨벙첨벙 건너오는 게 보였다. 구급대원들은 노인의 가슴에 AED(자동제세동기) 패드를 붙이고 열심히 가슴을 압박했다. 다리 위쪽엔 카메라를 든 기자가 이 사건을 세상에 알리기 위해 열심히 사진을 찍어댔다. 우린 이 노인의 끔찍했던 마지막 모습이 세상에 남겨지지 않게 되었음에 가슴을 쓸어내렸다. 다리를 떠나지 못하고 한동안 멍하니 현장에 남아 있었다. 팀장님은 마음이 복잡해서인지 '복귀하자'는 단순한 말도 생각해내지 못했다.

"여러분. 인생은 길고 희망은 어디에나 있습니다. 끈기를 가지고 살다 보면 분명 좋은 날이 오지 않을까요? 지금까지 아무개였습니다. 감사합니다."

나는 소방관이 되기 전에 대학교나 공공기관에 연사로 초대되어 '도전'과 '열정'을 전하는 강연자였다. 나의 경험을 반추하여 참석자들에게 필요한 이야기를 하는 것이 나의 일이었다. 대부분 20대 젊은 청년들이었기에 매번 레퍼토리는 비슷했다. 그리고 마지막엔 항상 저 말로 강연을 갈무리했었다. 진심으로 저렇게 믿었는데, 적어도 그날은 아니었다.

다리 위, 노인이 마지막으로 머문 자리에서 세상을 바라보왔다. 그러자 노인이 내게 말을 걸어왔다.

"이보게 젊은이. 인생은 짧고 세상은 절망적이라네……. 끈기 있게 살아보시게."

오랫동안 그 광경을 잊지 못했다.

선배 외국인 노동자

종종 공장에서 불이 났다거나 숙소에서 연기가 난다는 신고를 받고 출동하게 된다. 현장에 도착하면 제일 먼저 건물에 사람이 있는지 없는지부터 파악한다. 현장지휘 주임님이나 팀장님이 화재가 난 곳의 주변에 있던 사람들을 붙잡고 이것저것을 묻다 보면 가끔 외국인 노동자들을 상대로 정보를 수집해야 하는 일도 생긴다.

영어를 좀 할 줄 아는 나는 옆에 쓱 가서 "제가 영어를 할 줄 압니다. 도움 필요하십니까?" 하고 말을 하니 "제가 한국말을 잘 합니다"라고 한 외국인 친구가 응수했다. 남원에 이런 훌륭한 인재가 있을까 싶을 만큼 정확한 발음으로 나를 물리치기에 나는 이내 갈 곳을 잃었다. 손전등으로 주변을 이리저리 비추고 한 곳을 응시하곤 자리를 떴다.

까만 연기에 온통 그을린 숙소를 바라보며 외국인 노동자들이 망연자실하게 서 있었다. 한 친구는 손바닥을 하늘 쪽으로 든 채 입으로 뭐라 뭐라 주문을 외우듯 혼잣말을 했다. 아마 자신이 믿는 신한테 기도를 올리는 것 같았다. 살아 있음에 대한 감사함, 극적인 도움, 여전히 가족들에게 보탬이 될 수 있는 상황에 대한 고마움, 그런 내용의 기도들이지 않을까 생각해본다.

내가 외국인 노동자 신분이었을 때 처음 하늘을 향해 올렸던 기도는 '원망'이었다. 군대를 제대하고 돈을 벌기 위해 호주로 떠났다. 군복을 입고 있을 때는 철창 너머의 세상이 만만해 보였다.

"애들아 몸 건강하고, 하나님 믿고, 꿈이 있는데 못할 게 뭐가 있니?"

휴가를 나오면 현실과 꿈 사이에서 갈팡질팡하는 교회 동생들을 모아놓고 이런 말을 했다. 그렇지만 사실 당시의 나는 손만 뻗으면 닿을 수 있는 작은 꿈들도 많은데 걱정을 산더미처럼 어깨에 지고 있었다. 제대를 하니 동생들은 '저 형은 뭔가 할 것 같다'는 눈빛으로 나를 바라본다는 게 느껴졌다.

등 떠밀리듯 군대 수첩에 적힌 꿈들 중 가장 센 놈을 골랐다. 쌩쌩해진 몸이 생겼으니 더욱 못할 게 없었다. 다행 중 불행이라면 그 꿈에 닿을 만한 돈이 수중에 없었다는 것. 그러다 책에서 읽었던 워킹홀리데이가 생각났다. 외국에서 일을 해보고 싶기도 했고 돈이 좀 된다는 말에 일단 비행기를 타고 호주 공항에 도착했다. 앞으로 호주에서의 계획을 인천공항 내 맥도널드에서 세웠으니, 이래서 무지성이 박지성보다 대단한가 보다.

도착하고 보니 어디서 자야 할지부터가 좀 막막했다. 호주 공항 벤치에 앉아 옆을 휙 돌아보니 어떤 사람은 벤치 세 칸을 자신이 독점한 채 옆으로 누워 잠을 자고 있었고, 어떤 사람은 콘센트가 있는 벽에 기대어 앉아 휴식을 취했다.

여기가 한국도 아니고 객으로 온 나라인데 의자를 독점할 용기는 없고, 그냥 공항 구석진 곳에 요가매트를 깐 다음 그 위에 양반다리를 하고 앉았다. 민머리인 데다가, 호주로 오던 중 쿠알라룸푸르에 들러 구입한 갈색 옷까지 입고 있어서 나를 흡사 태국 승려로 보진 않았을까. 외관은 승려였지만 모태 신앙인이었던 나는 그때 공항에서도 마음속으로 하나님께 기도했다.

기도의 응답이었을까, 한 가지 묘수가 생각났다. 일전에 선교사님 댁을 다니며 집수리도 해주면서 밥을 얻어먹고 다녔던 기억이 떠올랐다. 재빨리 호주 한인교회 홈페이지에 들어가 도움을 청했다. 아무런 준비 없이 왔지만 튼튼한 육체가 있으니 어디서든 써먹어달라는 요지의 글을 올렸다. 물론 집도 없어 후불로 결제할 테니 방이 남는 분이 있으면 은혜를 베풀어달라는 내용도 포함시켰다.

하루를 공항에서 지내는 동안 호주 한인교회 전도사님이 답글을 달고 연락을 주셨다. 바라는 거 없으니 자신의 집에서 당분간 머물러도 괜찮다 하던 그분은 직접 공항까지 와서 나를 픽업했다. 그렇게 전도사님의 집에 묵으면서, 역시나 전도사님을 통해 일도 금방 구할 수 있었다.

정신을 차려 보니 나는 호주의 어느 공사현장에서 안전모를 쓰고 모래를 퍼 나르고 있었다. 타일링을 하는 팀에 작업 대기조로 취업이 되었지만 할 줄 아는 게 없었기에 하루 종일 모래를 외발수레로 옮기는 일이 주어졌다. '세상에 천직은 없다. 오로지 우직뿐이다'라는 신념을 떠올리며 모래를 열심히 실어 날랐다. 하지만 외발수레를 다루는 일은 쉽지 않았다. 중심이 조금만 흐트러져도 수레가 옆으로 엎어져 다시 삽질을 해 올려야 했다.

주변 사람들은 하루 이틀은 그러려니 하며 지켜보다가 개미처럼 쓰러지고 일어나기를 반복하는 내가 안쓰러웠는지 노하우 하나를 알려주었다. 수레를 잡을 때 바퀴와 가깝게 잡으면 힘은 더 들지만 중심을 잡기가 편하다고 말이다. 그 말대로 따라해 보니 일이 훨씬 수월해졌다. 내가 수레랑 같이 쓰러질 때마다 깔깔거리면서 웃는 호주인들의 엔도르핀이 타격을 입는 순간이었다.

닷새가 되던 날도 나에겐 여전히 모래를 나르는 일이 주어졌다. 다만 기존 아파트 동은 마무리가 되었으니 다음 동으로 모래를 옮겨야 했다. 덤프트럭이 모래를 부어주고 떠난 자리에서 나는 삽을 들고 모래를 떠 수레에 실었다. 운반하는 길이 좀 더 길어졌고 중간에 경사가 15도 정도 되는 언덕이 하나 생겼다.

나는 그날도 모래를 잔뜩 싣고 길을 떠났다. 실수 없이 수레를 밀고 가다가 오르막 구간에 접어들 때쯤 부스터를 써야 하는 상황이 생겼다. 오르막 정점을 향해 허벅지와 엉덩이 출력을 최대로 높여 수레를 밀고 뛰었지만, 오르막 꼭짓점을 고작 1미터 남겨두고 수레가 엎어져 버렸다. 그래도 다시 모래를 수레에 싣고 어찌어찌 목표 지점까지 도착했다. 이전에 들었던 노하우를 되새기며 모래를 싣고 도전했지만 언덕의 꼭짓점을 미처 못 가서 또 한 번 수레와 함께 엎어졌다.

엎어지는 게 마음 아픈 이유는 온 힘을 다할수록 더 처참한 꼴로 나뒹굴었기 때문이었다. 아침부터 시작된 나의 몸개그에 주변은 또 웃음바다가 되었다. 정작 나는 심각한데 호주인들한테는 하루의 비타민 같은 장면이었을 것이다. 점심을 빵 한 조각과 오렌지주스로 때우고 오후에 또다시 몸개그를 시전하였다. 영혼까지 탈탈 털린 채로 퇴근버스에 올라탔다.

전도사님 집으로 돌아오는 길에 대형마트에 들러 카트를 끌고 선진국의 마트는 어떤지 구경에 나섰다. 안쪽을 크게 한 바퀴 돌고 보니 내가 끌던 카트 안에 이미 500그램짜리 소시지가 하나 들어 있었다. 혼자 "우와~ 우와" 하면서 정신이 팔려 돌아다니다 무의식 중에 값싸고 맛있어 보이는 소시지 큰 것 하나를 카트에 넣었던 것이다.

계산을 하고 나오는데 배가 너무 고파서 이걸 어디선가 뜯어먹어야겠다는 생각이 들었다. 터덜터덜 걷다가 발견한 동네 공원에 앉아 소시지 껍질을 뜯고 우걱우걱 먹기 시작했다. 절반쯤 먹었을까, 비가 추적추적 내리기 시작했다.

아무 정신이 없었다가 당이 차오르니, 그제야 공원 연못에 청개구리들이 한가득 비를 부르는 노래를 합창하고 있었다는 걸 알았다. 비만 간신히 피할 수 있는 곳에서 소시지를 씹고 있는데 갑자기 눈물이 흘렀다. 영문도 모를 눈물을 뚝뚝 떨어뜨리다가 그 자리에서 엉엉 소리 내어 울어버렸다.

공항에 픽업을 와주신 전도사님 집에서 따뜻한 대접을 받았지만 당장 방값을 낼 돈이 없다 보니 차려주는 밥도 배불리 먹을 수가 없었다. 집 청소도 설거지도 도맡아서 했지만 마음의 빚이 쌓여가는 기분에 2주급을 받을 날만 기다리며 눈치를 보고 살았다. 점심도 만들어주겠다는 전도사님의 호의를 기어코 거절하고 도망치듯 일터로 가서 모래를 날랐다.

그렇게 하루하루가 모이다 보니 영양이 부족하고 몸도 축나서 얕은 언덕조차 넘지 못하고 하루 종일 바닥에 뒹굴었던 것이다. 이 소시지조차도 집에서 조리해 먹을 수 있는 입장이 아니었기에 생으로 먹을 수밖에 없었다.

더 슬펐던 건 그 짜디짠 소시지를 끝내 다 먹었다는 사실이었다. 신세는 초라하고 배는 고프고, 위로해주는 사람 하나 없는 나라에서 청개구리의 노래가 나를 무너뜨렸다. 하늘을 향해서 외쳤던 나의 첫 번째 기도는 그래서 '원망'이었다. 왜 이리도 복잡한 상황에 나를 두고 시험하냐고 말이다.

호주에서 외국인 노동자로 살았던 날들은 결코 쉽지 않았다. 한국인 워홀러들을 향한 인종차별은 기본이었고, 임금을 떼

이거나 사기를 당하는 경우도 빈번하게 일어났다. 나도 그 공사판에서 일한 임금을 중간 관리자가 들고 잠수를 타는 바람에 1불도 못 받고 몽땅 떼였다. 아주 기가 찼다.

하지만 인생은 여러 빛깔의 무지개와 같아서 곧 감사의 기도를 드릴 수 있는 날도 맞이했다. 승용차 트렁크 속에 타고 가다가 경찰한테 걸려 창피를 당했던 날, 동고동락한 동료를 보내며 펑펑 울었던 날도 있었지만, 농장에서 첫 월급을 받아 사수에게 선물을 주었던 내 인생 최고의 날을 맞이하기도 했다. 세상을 만만하게 생각했던 나를 정신 차리게 해주는 계기가 된 나날들이다. 이렇듯 하나님의 내게 건넨 시험지 같았던 1년 반가량의 워킹홀리데이는 결과적으로 나에게 축복이었다.

그래서인지 지금도 외국인 노동자를 보면 도와주고 싶은 마음부터 생긴다. 말이 서툴러서 손해 보는 일이 있을까 봐 어디서든 통역을 자처하고, 사고현장에서 만나면 괜찮냐는 말 한마디라도 따뜻하게 건네게 된다.

이곳 남원에도 외국인 노동자들이 많이 건너와서 일하고 있다. 어떤 이는 가족을 이루어 한국에서 생계를 꾸려가고, 누군가는 코리안 드림을 꿈꾸며 도로공사 현장에 열심히 보도블록을 끼워 맞추고 있다.

우리 동네엔 저녁만 되면 전화통화를 하며 공원을 뱅글뱅글 도는 서남아시아 청년이 한 명 살고 있다. 주차를 할 때

보면 어떤 날은 심각하고 또 어떤 날은 생기 가득한 표정으로 신이 나서 전화로 수다를 떤다. 그럴 땐 이 친구도 삶의 여러 과정을 통과하며 축복의 시간으로 다다르겠지 하는 생각에 저절로 미소가 지어진다.

외국인 노동자로 살 땐 '몸'에 여유가 없어서 별을 못 봤는데, 한국인 노동자로 사니 '마음'에 여유가 없어 별을 못 보고 있다. 날씨 좋은 날, 별이나 보러 나가야겠다.

망고나무 아래에서

쉬는 날 오전, 소방서에서 한 통의 전화가 왔다. 잠결에 혹시 비상인가 하고 헐레벌떡 일어나 전화를 받았다.

"예. 여보세요. 무슨 일 있나요?"

"그게 아니고요 반장님. 이상철이란 분한테 전화가 와서 찾으시더라고요. 번호 알려드릴게요."

내가 알고 있는 이상철이란 이름을 가진 사람은 아프리카 우간다에 계신 선교사님 한 분뿐인데, 그 이름이 여기서 왜 나와? 아직 잠이 덜 깼나 싶어 생수로 몇 번 입안을 헹구며 천장에 생각을 떠올려 봐도 마땅한 퍼즐조각을 찾을 수 없었다. 혹시 보이스피싱일 수도 있으니 절대 돈을 빌려주지 않겠다는 마음을 먹고 번호를 눌러 전화를 걸었다.

십 년이 지났지만 반가운 목소리에 대번 선교사님임을 알수 있었다. 내가 남원에 있다는 사실을 페이스북으로 접하곤 순천에 오는 길에 연락을 해봤단다.

2009년 여름 아프리카 우간다로 가는 비행기에 몸을 실었다. 스무 살 때 교회에서 해외 단기선교를 한 번 다녀온 것 빼고 홀로 외국행은 처음이었다. 그것도 미지의 나라 아프리카.

4년간 특전사에서 복무를 마치고 느지막하게 대학에 복학을 해서 유학생이란 신분이 한번 되어보고 싶었다.

ABC도 국가에 반납하고 나온 늦깎이 복학생을 두고 주위 사람들은 마치 자신의 할머니, 할아버지를 대학에 입학시키는 양 근심 섞인 응원을 해줬다. 26시간, 비행기를 무려 세 번이나 갈아타는 동안 "사과주스로 주세요" 이 한마디를 영어로 하지 못해 콜라만 얻어 마시고 내렸으니, 이 광경을 지켜본 하나님도 진심 고구마 100개는 까먹은 심정이었을 것이다.

우간다 엔테베 공항에서 8시간 차를 타고 도착한 쿠미 KUMI에서 선교사님과 동네 꼬맹이들, 커피콩 같은 똥을 뽕뽕 흘리던 염소까지 따라 나와 나를 반겼다. 내가 온다는 소식을 듣고 선교사님의 사모님은 김밥과 라면이 올라간 진수성찬으로 나를 대접해주셨다. 사실 그때만 해도 단무지 없는 김밥을 물컹물컹 씹어 먹으며 이것이 얼마나 감사한 음식인지 미처 알지 못했다. 내가 벽돌집 기숙사로 옮겨지기 전까진 말이다.

도착 다음날부터 나는 우간다 학생들이 빼곡하게 모여 사는 기숙사로 옮겨져 생활하게 되었다. 라디오 덕후로 사춘기를 보내며 감흥이란 걸 잊고 살아온 나에게 그곳의 생활은 하루하루 탄성이 나오는 서프라이즈한 날들로 꾸며졌다.

일단 전기가 없다. 아니 있는데, 우기 때 폭우로 전봇대가 쓰러져 그날로 그 지역의 전기가 끊겼다. 간신히 전기가 들어온 날, 친구의 커피포트를 생각 없이 콘센트에 꽂았다가 과전류로 기숙사 전체가 모두 전기가 나갔다. 내 덕에 다들 일찍 잠을 자게 된 것이다. 다행히 공항에서 오는 길에 샀던 기름 호롱불이 있어 나의 밤을 밝혀줬다.

화장실에서 큰일을 보다가 코브라도 만나고, 자다가 흰개미 떼의 습격도 당하는 등 별별 일들이 많았지만 그중 가장 힘들었던 것은 사실 먹는 문제였다. 학교에서 주는 음식은 마법 같았다. 옥수수가루를 끓는 물에 되직하게 삶아 떡처럼 만드는 뽀쇼는 앞쪽의 글에서 이미 소개한 바 있다. 콩 수프를 뿌린 뽀쇼 한 덩이를 접시에 받아 들고 잔디밭에서 친구들과 뜯어먹었다.

그렇게 점심식사를 한 후 빵빵한 배를 안고 낮잠을 한숨 자면 정말 거짓말처럼 홀쭉해진 배로 일어났다. 내 위 속에 순간이동 포탈이 열린 듯 뽀쇼는 감쪽같이 사라지고 없었다. 화장실에 가서 출력을 해보아도 입력 대비 출력이 형편없는 것을 보면 뽀쇼 마법설이 가장 설득력이 있다. 늘 꼬르륵 소리를 달고 살았다.

내가 아무리 좋은 뜻을 품으면서 그들과 삶을 나누고 배우려 한다 해도 먹는 문제가 해결되지 않으니 방황도 하게 되고 힘든 시간을 보내야 했다. 그럴 때마다 대학교의 부총장님이셨던 선교사님이 나를 불러 한국음식을 해먹이시며 내가 흔들리지 않도록 잡아주셨던 기억이 있다.

부랴부랴 순천 어느 마을에 도착한 나를 선교사님은 주변 분들께 일일이 소개하셨다.

"이 친구가 나 예전에 우간다의 대학교 있을 때 왔던 교환학생이에요. 지금은 저기 남원 소방관. 나 진짜 힘들었을 때 내 옆에 있어준 친구예요."

뜻밖의 소개말이었다. 우간다에서 대학교 재정 문제와 주변 협력직원들과의 관계로 힘든 시간을 보냈던 것은 알고 있었다. 그럴 때 나와 교환학생 2호기인 해성이는 말없이 선교사님 댁에 머물며 말동무가 되어드린 게 전부였는데 선교사님은 그 시간이 있어 자신도 버틸 수 있었단다. 나에겐 큰 어른과 같은 분인데 겉치레 없이 그때 고마웠다며 담담하게 그때 심정을 풀어 말씀해주셨다. 우간다에서 선교사님과 나는 함께 밥 먹고 이야기했던 그 평범한 시간에 서로 위로를 얻고 힘을 내었던 것이다.

직업만 바뀌었지 지금도 사는 게 그때와 별반 다르지 않다. 구조대원으로 예측할 수 없는 현장을 누비며 살다 보니 서프라이즈한 일들이 팡팡 터진다.

태어나서 처음으로 뱀도 잡아봤다. 호주에 있을 때 악어농장에서 일을 했었다고 "뱀 그까짓 것 악어에 팔다리 뺀 거 아니냐!"며 큰소리쳤지만, 솔직히 엄청 징그럽고 무서웠다. 그러다 돼지도 잡고 소도 잡고, 이제는 동물 구조 쪽으로 입지가 굳어져서 빼도 박도 못하는 신세가 되었지만 초반엔 공포와 전율 그 자체였다.

그때나 지금이나 가장 힘이 되는 건 동료다. 진짜 힘들었을 때 내 옆에 있어주는 사람. 우간다에서도, 남원에서도 동료가 힘이 된다는 사실은 마찬가지다. 새벽에 교통사고현장에 가서 머리에 피를 줄줄 흘리며 악 소리조차 내지 못하고 멍하니 앉아 있는 사고자를 마주하면 마음이 심란하다. 앞유리를 뚫고 튀어나간 환자에게 구급대원들이 열심히 가슴압박을 하고 있는 모습을 보고 있자면 손이 덜덜 떨리기까지 한다.

여러 현장들을 겪으면서 무뎌지는 것뿐이지 죽음을 직면하는 일은 심적으로 큰 스트레스다. 작업을 마치고 사무실에 돌아와서 함께 땀 흘린 동료와 먹는 컵라면 한 끼는 그 순간 보약 한 첩보다 더 약이 된다. 지금은 내 옆 자리에 앉아 모니터를 보며 코를 파고 있지만 어느 현장에서건 별일도 별일 아닌 듯 옆을 지켜주는 동료가 있어서 위로가 되었다.

우리는 살면서 너무 당연한 사람들을 주변에 두고 살아간다. 가족들, 친구들, 일터에 있는 동료들. 매일 마주하기에 '함께 있어줌'에 대한 가치는 잘 모르고 살아가는 것 같다. 두 살배기 조카도 우리 누나를 하도 빈번하게 마주치니까 소중한 줄 모르고 가끔씩 보는 나를 만나면 언제나 내 옆을 떠나지 않는다.

'그래 봐야 네가 얻을 건 장난감뿐이다. 부디 밥과 집을 선택하길 바란다 조카야. 네 엄마 열 받았더라.'

우간다 망고나무 아래에서 이 비법을 미리 깨달았다면 나는 조금 덜 방황하고 불안해하지 않았을까.

죄송해요,
솔직히 꼰대라고 생각했어요

요즘 출근하면서 내가 가장 많이 하는 말들이 있다. '아, 오늘 야식 뭐 먹지?'랑 '아, 구조대장님 보고 싶다'이다.

겨울이 되면 혹한의 추위를 이겨내기 위해 지구 생명체들은 몸에 평소보다 많은 에너지를 저장한다. 사무실 온풍기가 영 시원치 않아서 그런지 우리도 야식 먹는 횟수가 여름보다 두 배나 늘어난 것 같다. 야간근무 때 업무를 처리하다가 파티션 너머로 동료들의 눈이 세 번 이상 마주치면 입가에 옅은 미소를 띠며 돈을 걷어 치킨을 시켜 먹는다. 닭들이 볼 때 우리는 거의 사이코패스 연쇄살인마다.

지난 1월 4일부터 다른 소방서로 전출을 가신 구조대장님의 빈자리가 유독 크게 느껴지는 요즘이다. 아직 인사발령이 완전하지 않아서 구조대장님 자리가 공석이기 때문도 있지만 창가에 놓인 화분 속 식물들이 점차 메말라가고 있음에 그의 부재를 또 한 번 떠올리게 된다. 식물을 유독 사랑하셨던 대장님이었다. 사무실 냉장고 옆자리에 고무나무를 한 그루 가져다 놓으시곤 예쁘게 자라라며 약도 주시고 지지대도 꽂아놓으시며 정성을 쏟았더랬다. 하지만 우리는 먹다 남은 커피나 콜라를 장난으로 몰래 주기도 했다.

대장님은 알면서도 시치미 떼고 있다가 전출을 가면서 한마디 남기셨다.

"야. 니들이 콜라 주는 거 내가 모르는 줄 알았지? 나 가거든 좀 잘해줘라."

그랬는데 이제 고무나무가 시들해져 간다. 그런 나무를 볼 때 대장님이 떠오른다. 하지만 처음부터 그리움을 품을 만한 그런 사이는 아니었다.

1년 전 오늘, 나는 소방서에 첫 출근을 했다. 서른일곱 살이라는 부담스러운 나이의 신입대원이라니, 신입이 중고로 들어온 게 영 탐탁지 않은 눈빛이었다. 창가 쪽에 팔짱을 끼신 대장님과 불구경이라도 난 듯 파티션 너머로 고개만 빼꼼 내민 팀장님께서 나를 쳐다보셨다. 깔끔하면서도 말끔한 민머리를 숙여 인사를 건넸다.

"야. 너 머리가 왜 그래? 딱 보니 연식은 좀 됐구먼."

"아. 예…… 제가 사정이 있어서요. 나이는 서른일곱 살입니다."

"결혼은 했고?"

"아뇨. 아직 안 했습니다."

"아니 지금까지 뭐 하다가 이제 들어온 거야?"

"예. 제가 외국에 좀 나갔다 왔다 해서요…….."

대장님의 '이건 뭔가' 하는 눈빛이 '요놈 오늘 잘 걸렸다' 하는 눈빛으로 변했다. 그날 태어나서 가장 많은 질문과 조언을 들은 것 같다. 하기야 그럴 만도 하다. 머리는 빡빡 밀었고, 외국에서 살다가 구조대에 들어왔다 하니 수상하지만 신비했는데, 막상 까보니 자격증은 하나도 없고 수영도 못하고 운전면허도 작년에 땄단다. 그냥 말만 통했지 아프리카에서 온 노동자와 별반 다를 게 없었던 것이다.

첫 회식 때 대장님께서 신입 소방사들에게 건의사항이 있으면 말해보라고 하셨다. 전혀 부담 갖지 말고 솔직하게, 나 꽉 막힌 그런 사람 아니라며 우리에게 낚싯대를 던졌다. 입사 동기 박반장은 묵묵하게 사이다 한잔을 들이켜는 것으로 그 위기를 넘겼다. 나보다 6개월 먼저 들어온 다른 반장님은 서글서글한 특유의 웃음으로 자연스럽게 내게 토스를 했다.

내 차례가 되었다. 나는 광주소방학교에서 학생장을 역임했고, 나름 사업도 해보며 인생을 주도적으로 살아온 사람이었다. 이 순간 입을 닫는다면 나는 이 나이 되도록 아무 생각 없이 살아온 사람처럼 보일 것 아닌가. 무엇보다 나는 믿었다. 사람이 관상에서 크게 벗어나지 않는다고, 우리 대장님처럼 인자하게 생긴 분은 절대 이런 것으로 사람을 떠보는 그런 인물이 아니라고 생각했다.

"저…… 저기 대장님. 제가 여기저기서 일을 해봤는데요. 어느 일터건 식사 후 30분이라도 휴식시간을 갖는데 왜 우리는 점심식사를 마치고 바로 업무를 보나요? 제가 지냈던 나라에선 '씨에스타'라 부르는 낮잠 시간을 주거든요. 실제로 낮잠 30분이 일의 효율에 큰 도움을 준다는 연구 결과도 있고 말입니다. 우리도 휴식 여건을 보장해주시면 좋겠습니다만……."

이렇게 나는 대장님이 던진 낚싯대의 미끼를 덥석 물었다.

후배들을 향한 그윽한 눈빛이 '요놈 오늘 또 잘 걸렸다' 눈빛으로 변했다. "하이 참"으로 말문을 연 대장님은 그 자리에서 무려 두 시간 동안 나의 의견이 왜 받아들여질 수 없는 건지에 대해 설명해주셨다. 고기판에 발갛고 짱짱한 불길을 쏘아 올리던 숯은 점점 힘을 잃어갔고, 힘차게 이 반찬 저 반찬을 옮겨 다녔던 나의 젓가락질은 갈 길을 잃었다. 바짝바짝 타들어가는 목을 사이다로 축이며 대장님의 말씀을 경청했다.

이 시간 나는 두 가지를 깨달았다. 경청은 계속 경청을 낳는다는 것과, 난 이제 찍혔다는 것을 말이다. 사실 소방서 경력이 쌓이면서 저때의 내 질문이 얼마나 어리석은 질문이었는지 알게 되었다. 언제 튀어나갈지 모르는 출동부대에게 대낮에 휴식을 보장해달라고 했으니, 대장님한테 불판으로 맞지 않은 것만으로도 감사할 일이었다.

그 후로 정말 많은 이야기를 해주셨다. '라떼' 이야기, 입영(수영)하는 법, 식물 이름, 재테크하는 법, 인생 노하우에 이르기까지…… 대장님은 마치 수많은 메뉴 버튼을 갖고 있는 이야기 자판기 같은 분이셨다. 처음에 어떤 부분에 있어서는 '이건 좀 간섭이 아닌가' 싶은 생각이 들기도 했다. 그러나 사

람은 늘 시간을 지내고 나서 뒤를 돌아보며 깨닫듯, 대장님
은 단순히 이야기만 많은 사람이 아니라 진심으로 직원들을
걱정하고 생각해주는 사람이었다.

대장님과 사석에서 돈가스를 먹으며 대장님의 옛날 이야
기들을 들을 수 있었다. 예전 소방은 워낙 시스템도 주먹구
구식이었고 누구 하나 제대로 대장님을 케어해주는 사람이
없었다고 한다. 스스로 많은 부분들을 알아내야 했고 그로
인해 고민과 고충이 많았다고, 그런 자신의 과거를 후배들이
답습하지 않도록 최대한 알려주고 싶어 말이 좀 많은 것이니
이해해달라 하셨다.

내가 글을 쓴다고 했을 때도 누구보다 나를 지지해줬던 분
이 우리 대장님이다. 다른 지휘관 같았으면 지금 하고 있는
본업에나 충실하라며 질책을 했을지도 모르겠다. 하지만 대
장님은 글을 쓰는 내게 뼈 있는 조언을 던지셨다.

"소방관들을 영웅으로 미화시키는 글 같은 것, 절대 쓰지
마라."

SBS에 칼럼을 기고한다고 했을 때도 대장님이 먼저 관련
공문들을 읽어보신 뒤 내게 보고 경로를 알려주셨다. 이렇듯
대장님은 지휘관 이전에 진짜 선배란 어떤 모습인가를 보여
주는 분이었다.

소방서에서 일을 시작하고 한동안 '공무원은 꼰대 조직'이
라는 생각에 갇혀 살았다. 답답한 조직 문화와 숨 막히는 위

계질서가 있는 곳, 제2의 군대에서 군생활을 다시 시작했다며 푸념을 늘어놓곤 했다. 매일 구박만 당하거나 이곳에 잘 섞이지 못하는 이유가 나는 꼰대가 아니기 때문이라며 스스로를 위로하고 보호했다. 지지리도 못났었던 것이다.

실제로 꼰대처럼 보이지 않기 위해 부단히도 노력하며 살았다. 알아도 모르는 척, 나보다 나이가 어린 친구들의 삶에는 방관자적인 자세를 취했다. 그들도 인생이라는 게 있기에 존중해줘야지 하며 말이다.

요즘 중년 이상의 관리자들이 꼰대라는 소리를 들을까 봐 일터에서 함부로 말도 못 한다고 한다. 그에 반해 우리 대장님은 확실히 다른 행보를 보이셨다. 그런 대장님 밑에서 1년을 같이 생활해보니 이젠 조금 생각이 달라졌다. 꼰대라는 말을 듣는 게 무서워서 불붙은 집을 보고 지나치는 게 과연 옳은 일인가?

진심이 담긴 적절한 조언과 격려는 조직과 개인을 더 끈끈하게 이어주는 접착제의 역할을 한다는 걸 몸소 느끼고 나니 그동안 입을 다물고 살아온 내가 부끄러워졌다. 말이 많고 없고가 중요한 게 아니었다. 진심으로 생각해서 하는 말인지, 단순히 자기 생각을 자랑하고 싶어서인지가 그걸 가르는 선이 아닐까 생각해본다.

대장님께서 마지막 근무를 마치시며 출입문 뒤에서 조용히 나를 부르셨다.

"최반장, 그동안 고생 많았어. 나이 먹고 들어와서 애쓰는 모습 내가 못 본 거 아니야. 그래서 점수도 잘 주고 가니까 승진 시험공부 열심히 해서 꼭 진급하도록 해. 아직 나도 퇴직하려면 멀었으니까 발령지 돌다가 또 보자고."

그렇게 말하시고는 뒤돌아 평소 퇴근하는 모습으로 떠나시는 대장님의 뒷모습에 아쉬움과, 벌써 그리움이 찾아왔다. 앞으로 우리 대장님 같은 구조대장이 되어야겠다는 꿈이 생겼다. 항상 빈자리에 여운이 남는 사람, 그런 선배가 되고 싶다.

"일터에선 웃으라구! 하루 종일 우리끼리 얼굴 보고 사는데 찡그려서 좋을 게 뭐가 있어?"라는 말이 아직도 구조대 사무실에 남아 덜덜거리는 온풍기 바람을 타며 맴돌고 있다. 오늘따라 그런 대장님이 보고 싶다. 이 커피를 다 마시고 나면 대장님께 전화 한 통 드려야겠다.

예스맨의 결말

　세상에 공무원 참 많지만 다 똑같은 공무원은 아니다. 우리가 동사무소나 시청에서 흔히 마주치는 공무원들을 일반직 공무원이라 하고, 교사나 군인, 경찰, 소방처럼 특수분야의 업무를 다루는 공무원들을 특정직 공무원이라 부른다.

　내가 소속되어 있는 119구조대는 특정직 공무원 중에서도 군 특수부대(가령 특전사, UDT, 해병수색대 등)에서 2년 이상 군 간부로 임무를 수행했던 요원들을 시험으로 선발하여 조직을 이룬다. 세간에 한창 인기를 끌었던 프로그램 〈강철부대〉의 출연자들도 우리 구조대에선 '쟤는 누구 동기다' '누구 선임이다' 하며 한 다리 건너면 다 아는 사람들이었다.

　숟가락을 얹자면 나 역시도 〈강철부대〉에 나왔던 연예인 박군의 부대 선임으로 3년 넘게 같은 건물에서 생활했다. 코흘리개로 부대에 전입 와서 청소의 달인이 되어갈 즘 박군이 콧물을 목젖까지 늘어뜨린 상태로 전입을 왔다(실제로 콧물을 흘렸다는 얘기가 아니다. 보통 군대에 입대하면 신입들을 코흘리개로 비유하는데, 내가 먼저 부대에 전입 와서 콧물이 코딱지가 되어갈 즈음 박군이 코흘리개로 전입 왔다는 뜻이다).

　내 기억에 박군이 좀 까불까불하긴 했어도 참 착하고 뭐

든지 열심이었던 군인이었다. 아무튼 상황이 이렇다 보니 말이 소방관이지 제2의 군생활을 시작했다 해도 과언이 아니었다.

그래서인지 '까라면 까야지'라는 생각이 나에겐 자연스러웠다. 흔히 군대에서 쓰이는 표현인데 윗선에서 시키면 군말 없이 따른다는 말이다. 나라의 녹을 먹게 된 이상 개인보다는 조직의 뜻을 더 생각해야 하지 않나 하는 마음이었던 것 같다. 사실 아직도 왜 그랬는지 그 마음을 정확히 알진 못하겠다.

그런 마음으로 소방서 생활을 시작하고 보니 쉬운 사람이 되어버렸다. 작년 폭우로 섬진강 제방이 무너져서 밤새 이리 뛰고 저리 뛰어서 탈진하기 일보 직전인데 비상근무 한 명이 필요하다는 말을 들었다. 누구라 할 것 없이 그 일거리가 나에게 밀려왔다. 인천공항으로 파견을 가는 임무에도 별 고민 없이 내가 지정되었다.

어머니 집에서 남원으로 내려가는 길이었는데 소식을 듣고 사실 눈앞이 깜깜했다. 한 달 넘게 사회와 격리된 채 운전만 해야 하는 운명이 되는 것이다.

바쁜 훈련이 지나가고 이제 나도 연애도 하고 결혼도 생각해야 하는 시점에 또 이런 일이 생기다니, 그 순간 혼자 살 팔자인가 싶었다. 차에서 걸려온 구조대장님의 전화에 나 스스로도 깜짝 놀란 답변을 하고 있었다.

"예 대장님. 인천 제가 가겠습니다. 꼭 한 번 가보고 싶었습니다."

이건 무슨 고장 난 자동응답기도 아니고, 어쩌면 이렇게 내 마음에도 없는 말을 이토록 잘 내뱉을 수 있을까.

나라는 사람은 우리 구조대에 점점 필요한 사람으로 인식되어 갔다. 아쉽게도 '최후의 보루'와 같은 명목으로 말이다. 남들이 하기 꺼리는 일들을 군말 없이 해치우는 청소기 같은 사람이 된 것이다. 그러면 마음이 좀 편할 줄 알았다. 일터에서 나를 사람들이 찾아주고 열심을 인정해주면 그게 조직에서 행복한 사람으로 살아가는 것인 줄 알았다.

그렇게 1년 넘게 마음을 욱여넣고 살다 보니 깨닫게 되었다. 주변 사람들의 마음은 편해져도 내 마음은 점점 불편해져 간다는 것을 말이다. 그러다 사건이 터졌다.

"최강소방관 대회 때문에 팀 개편이 있습니다. 그러니 다들 이해해주시고 따라주길 바랍니다"라고 구조대장님이 교대 시간에 전달을 했다.

팀 개편을 하리란 걸 일찍이 알고 있었지만 내 마음은 계속 불안했다. 작년에만 팀을 세 번 옮겼고 올해에도 왠지 내가 움직일 것 같았기 때문이다. 작년에는 최강소방관 구조전술팀으로 옮겨 열심히 훈련했지만 성과가 그리 좋진 않았다. 그래서 원래 있던 팀으로 간신히 복귀하게 된 것이다. 그러다가 훈련 때 다친 어깨 때문에 훈련팀에 못 들어가고 내가 또 팀을 옮기게 되었다.

1년 동안 팀을 네 번이나 움직였으니 내 맘을 따로 설명할 길이 없었다. 그러다 나만큼 팀을 옮겼던 선배가 내게 이런 말을 들려주었다.

"야. 나도 팀 많이 옮겨봐서 아는데, 그러면 왠지 사회 부적응자같이 느껴지지 않냐? 난 잘못한 게 하나도 없는데 말이야."

내 마음이 정확히 그랬다. 난 여기에 와서 적응을 잘 해보기 위해 노력하고 있는데, 내가 느끼는 감정은 계속 회사에 안착하지 못하고 겉도는 기분이었다. 그 와중에 대장님께서는 나를 앉혀두고 다섯 번째 팀 이동을 권유하고야 말았다.

"최반장 미안한데, 최강소방관 때문에 팀을 또 옮겨야 할 것 같은데 괜찮겠나?"

고개를 숙이고 한참을 침묵하다 욱하는 마음에 대장님께 대들었다.

"대장님. 솔직히 구조대 뜻이 그렇다고 하면 저는 무조건 옮기는데요. 왜 저만 까나요? 다른 인원들은 가정이 있어서 안 되고, 누구는 집이 멀어서 안 되고, 하기 싫다고 안 시키고…… 매번 왜 저만 구조대 청소기처럼 살아야 합니까?"

참고 참다가 그동안 가슴에 맺혔던 일들까지 다 토해냈더니 눈물과 설움이 밀려왔다. 단 한 번도 상관에게 "NO"라는 대답을 해본 적이 없는데 처음으로 나를 표현하면서 하기 싫다는 말을 던졌다. 어렸을 때야 내가 좋아하는 친구를 잃어버릴까 하는 마음에 매번 '알겠다'는 대답만 했었는데, 크고 나서도 내 주변의 사람을 잃지 않기 위해 혹은 인정받기 위해 "YES"만 말하는 예스맨이 되어버린 게 너무 속상하고 바보 같았다.

그 후로 며칠간 나는 방황했다. 어디에서부터 잘못되었고 어떻게 고쳐야 할지 감이 잡히지도 않았다. 이건 내가 스스로 만든 덫에 내가 걸려서 허우적대고 있는 것이니 누구를 원망할 수도 없는 나만의 문제였다.

소방관이 되면 사실 그걸로 끝이겠거니 생각했던 적도 있다. 남들이 부러워하는 공무원이 되었고, 운동밖에 할 줄 몰랐던 내가 가장 잘할 수 있는 일이니 난 앞으로 꽃길만 걸을 것이라 여겼는데 삶은 늘 호락호락하지 않았다. 나는 남에게 행복하라 말을 하면서 나는 내 행복 하나 제대로 찾지 못하고 매일 헤매고 있었던 것이다.

늦은 밤 술에 잔뜩 취한 팀장님으로부터 전화가 왔다.

"야 최반장. 힘들었냐? 힘들면 힘들다고 말을 해야지."

"팀장님, 아닙니다. 술 많이 드셨어요?"

"나야 뭐 맨날 먹지. 오늘 술 마시는데 네가 계속 마음에 모래알처럼 까슬까슬하게 걸려. 미안하다. 네가 그렇게 힘들어하는지 몰랐어. 야 나도 그랬어. 나도 구조대 뜻이라고 하면 그냥 아무 생각 없이 다 깠어. 내가 최강소방관 대회를 몇 번을 나갔는데. 그냥 그렇게 살면 그게 맞는 줄 알았어. 그런데…… 그런데 너는 그렇게 살지 마라. 왜 너만 그러고 사냐! 최반장. 너 열심히 하는 거 구조대 사람들 다 알아. 그러니까 너도 못 한다고 해."

"예, 팀장님."

이제 한 달도 더 지난 일이다. 시간이 지나고 보니 팀장님의 위로가 내게 힘이 되었던 것 같다. 사업하는 친구가 조언해주길, 문제가 생기면 문제의 근원을 잘라버리면 되는 거라고 했다. "그럼 나를 잘라내?"

힘들게 들어간 구조대에 퇴사를 종용하는 친구의 위로는 정말 도움이 1도 안 되었다. 그런데 팀장님의 위로는 조금 달랐다. 평소에 말도 없는 사람이 술의 힘을 빌려 겨우 부하 직원에게 꺼낸 "미안하다"는 말 한마디가 내 마음에 힘을 준 것 같았다. 상황이 크게 달라지진 않았지만 마음에 힘이 붙으니 괜찮아졌다.

꼭 어떤 문제가 해결되어야만 하는 것은 아닌 것 같다. 더욱이 직장생활이야 이미 꼬일 대로 꼬여서 어디가 시작인지도 모르는데 말이다. 그보다 인간에겐 사랑, 위로, 배려, 인정, 공감 등 눈에 보이지 않는 것들에서 힘을 얻고 하루하루를 살아내는 것 같다.

책에서 알게 된 내용인데, 청학동에서는 행복의 조건을 다음과 같이 정리한단다.

첫째, 먹고살아야 한다. 배가 고프면 잘못된 일인 줄 알면서도 먹는 걸 훔치게 된다.

둘째, 인정받아야 한다. 내가 하는 일에 인정받는 것은 행복의 매우 중요한 요소이다.

직장생활을 하기도 훨씬 전에 청학동에서 가르치는 이 행복의 조건을 읽고 마음에 새겼다. 그땐 '그게 맞는 거구나' '아 그런 거 같아' 하고 살았는데, 나이가 들고 보니 행복은 훨씬 더 복잡했다. 한 가지 덧붙이자면 동료의 위로도 저 조건 중에 하나일 수 있겠다 싶었다.

오늘이 마지막 하루라면

보통날이었다. 하늘이 유난히 높지도 않았고 초여름이라 잠에서 먼저 깬 매미 두어 마리만 목청이 찢어져라 울던 그냥 그런 날이었다. 야간근무가 있는 날이라 느긋하게 오후까지 잠을 청했다. 출근 전에 블렌더로 닭가슴살과 바나나, 우유를 갈아서 셰이크를 만들어 가방 한켠에 넣고 책 한 권을 챙겨 집을 나왔다.

가방을 차 뒷자리에 싣고 운전석에 앉아 시동을 걸었다. 시동이 걸리자 어제 듣다가 끊어진 음악이 이어져 흘러나왔다. 음악을 블루투스로 연결해서 듣는 게 아직 익숙하지 않아서 세 곡을 무한반복으로 들었다. 타티아나 마나오이스 Tatiana Manaois라는 가수의 음악인데 열흘째 듣고 있다 보니 이젠 음악을 듣다가 꺼도 귓속에서 나머지 부분이 재생되었다. 팬심은 덤으로 생겼다.

구조대 사무실에 도착해서 여느 때와 다름없이 셰이크를 한입 먹고 냉장고에 넣었다. 소방관들의 올림픽이라 할 수 있는 최강소방관 대회가 코앞이기에 대회를 준비하는 팀원들을 위한 간식이 냉장고에 가득했다. 무엇부터 먹을지 고민이 깊었다. 이렇게 보통날이 지나가고 있었다.

출동벨이 울렸다. 지령서 모니터를 확인하니 자전거 대차 사고였다. 예감이 별로 좋지 않았다. 어렸을 때 오토바이 대차 사고를 목격한 적이 있다. 나는 이모부가 모는 차의 뒷좌석에 가로로 누워 있었는데 '펑' 하는 소리와 함께 내가 바라보는 하늘을 가로질러 사람이 홈런볼처럼 날아갔다. 순식간에 일어난 일이지만 내 눈앞에 지나갈 때만큼은 덤덤한 표정의 배달기사가 슬로모션으로 가로등을 넘어가는 것이었다. 교통사고 출동 전엔 항상 그때의 기억이 나의 발목을 잡는다.

사고현장을 200미터 남기고 저 멀리서 사이렌 불빛이 보였다. 이미 사람들은 인도를 가득 메웠고, 경광봉을 든 경찰관이 차를 향해 휘둘렀다. 그리고 검은 아스팔트 위에 한 중학생 아이가 바닥에 얼굴을 묻고 엎어져 있었다. 미동도 없이 바닥에 붙어 있는 상태였다. 우리는 신속히 내려 환자의 주위를 확인하고 구급대원을 보조했다.

구급대원들은 목을 깁스로 감싼 뒤 아이를 똑바로 눕혔다. 그러곤 자동심장충격기를 가슴팍에 붙이고 전기충격 버튼을 눌렀다. 자동심장충격기는 심장이 멈추었거나 멈추기 전 심장의 약한 떨림이 감지될 때 전기충격을 가하는 기계이다. 한데 이 아이한텐 전기충격을 시도하지 않았는데, 그 말은 아직 맥박이 잡힌다는 뜻이었다. 우리는 구급차로 뛰어가 들것을 가지고 아이를 옮겨 실었다. 아이가 실린 구급차는 황급히 차문을 닫고 병원을 향해 내달렸으며, 그것을 바라보던 우리도 작은 희망을 함께 실어 보냈다.

더 이상 구조할 사람이 없으므로 구조대원들은 복귀를 명령받았다. 팀원들도 구조차에 띄엄띄엄 들어와 앉았다. 차를 돌리고 소방서로 가는 동안 다들 알 수 없는 표정으로 창밖을 내다보았다. 밖은 어두워 산이 보이지 않았지만 다들 시선은 산을 향해 있었다.

"애는 근데 몇 살이래?"

"저 아이 열일곱 살이라던데요."

"살 수 있을까?"

"차문 닫힐 때 들었는데 혈압 떨어진다고……."

사무실에 들어온 우리는 에어컨 온도를 낮추고 뉴스를 틀었다. 늘 그랬듯 팀장님이 다운된 분위기를 업 시키기 위해 실없는 농담을 하기 시작했다. 한참을 웃다가 팀원 중 한 명의 생일인 것이 생각나 야식을 시켰다. 먹는 내내 실컷 웃고 사진도 많이 찍었다. 다른 날보다 유독 더 크게 웃고 더 많이 웃었다.

현장에 도착해서 우리는 아무것도 해줄 것이 없었다. 그 무력감과 미안함의 크기만큼 더 크게 웃으면 원래 없었던 일처럼 기분이 제자리로 돌아올 거라 생각했었나 보다.

물론 그런 일은 없었다. 어쩔 수 없는 일이었지만 우리가 10초라도 더 일찍 도착했더라면 뭔가 달라졌을까 하는 생각이 줄곧 내 머릿속을 맴돌았다. 게다가 평범한 날을 살아가

다가 갑자기 죽음을 맞이할지도 모른다는 사실은 아직도 충격적이다. 그날 우린 다 같이 보통날을 살았고 서로의 속도가 달랐을 뿐이었다. 아이의 자전거가 조금 느렸거나, 자동차가 그날 더 빨랐거나.

요조가 진행했던 '만약 오늘이 마지막 하루라면'이란 강연이 기억난다. 요조의 동생이 아침에 신발을 빌려 신고 간다는 말을 하고 문밖을 나섰다가 사고로 싸늘한 주검이 되어 돌아왔단다. 그 일이 생기고 나서 하루하루 죽을 것 같은 고통 속에 살았던 그는 내일을 향한 삶에 회의를 느끼곤 아무것도 하지 않고 3년여의 시간을 살았다고 고백했다. 하지만 이제는 오늘의 소중함을 전하는 전도사로 활동 중이라며 밝은 미소를 보였다.

삶과 죽음은 거리가 한참 떨어진 반대편에 있다고 한다. 거기에 누군가는 삶과 죽음이 같은 선상에 있다고도 말을 한다. 교통사고, 터널사고, 화재사고 등을 직접 체험하는 나는 삶과 죽음의 거리는 결코 멀지 않다는 것을 깨닫는다.

구조대 일을 하다보면 이런 '누군가의 마지막 하루'를 종종 마주하게 된다. 오늘은 나와 그 사람의 보통날이었을 텐데, 결과는 늘 같았다. 더 빨리 도착하지 못해 미안한 마음과 구급차의 뒷모습.

타인의 안타까운 사고를 목격하고 나면 이상하게 조카 생각이 떠올라 휴대폰 사진첩을 열어보게 된다. 동영상 속 아기의 생명력을 보며 마음에 위로를 얻는 것 같다. 그러곤 곰 곰이 나 자신을 돌아본다. 나는 어떻게 살아야 하는가. 꽤나 오랫동안 내게 해왔던 질문이지만 농도가 다름을 느낄 수 있 다. 타인의 불행에도 내 자신에 대해 생각하는 걸 보면 '나는 마더 테레사와 같은 사람은 못 되는구나' 하는 부족함을 깨 닫는다.

질문에 정답을 찾진 못했다. 분명 언젠가 내게도 보통날처 럼 찾아올 것이다. 마지막이 될지도 모를 날이. 그래서 오늘 하루도 의미 한 스푼, 추억 한 스푼 넣고 휘저으며 살아간다. 그게 나의 답이다.

임대 아파트 아이들

추석을 앞두고 자살소동이 벌어졌다.

"여보세요. 여긴 남원 소방서 구조대입니다. 지금 가고 있는데요. 상황이 어떤지 자세히 설명 좀 해주세요."

"친구가요, 지금 뛰어내리려 하고 있어요. 제가 지금 말리고 있어요."

떨리는 목소리로 한 소녀가 답해왔다.

"○○아파트죠? 혹시 몇 층인가요?"

"여기 18층이요."

"저희 금방 도착하니까요, 친구한테 계속 말을 걸고 계세요."

구조차가 아파트까지 도착하는 동안 머릿속으로 경우의 수들을 생각하며 어떤 준비를 해야 할지 계속 시뮬레이션을 했다. 다른 사건들은 여러 번 경험해봤지만 자살과 관련된 출동은 이번이 거의 처음이었기 때문에 책과 유튜브를 통해 얻은 간접 경험치가 전부였다. 물론 자살 출동이 완전 처음은 아니었다. 사실 몇 달 전에 남원 다리 위에서 자살 소동이 한 번 있었는데 출동하는 차 안에서 남원 원주민인 반장님의 한마디에 조였던 신발의 끈을 풀었던 기억이 있다.

"남원 사람이 아닌가 보네요. 거기 떨어져도 사람 안 죽어요.

물에 빠져도 발 닿아요, 거기."

　다리에 도착하고 몇 분 만에 경찰이 말로 설득하였고, 그를 데리고 경찰차 안으로 들어가 앉았다. 아마 반장님하고 똑같은 말로 설득을 했을 것이다.

　아파트 입구에 들어서자 경찰차와 소방 펌프차 한 대가 이미 도착해 있었다. 팀장님은 로프를 타기 위한 장비를 조끼에 걸고 나한테 로프 한 동을 가지고 따라오라고 했다. 구조차 옆문을 열고 선반에 준비된 50미터짜리 로프 한 동과 안전 보조장비를 하나 챙기고서 팀장님을 따라나섰다.

　이날따라 아파트가 더 높아 보였다. 마음을 굳게 먹고 진입하려는 찰나 경찰 아저씨가 머리가 초록색인 아이를 데리고 1층 입구로 빠져나왔다. 아! 사건 종료. 자살 출동의 경험치 +0을 획득하긴 했지만 천만다행이었다.

　초록머리 아이가 내려오자 노랑머리 여자 아이가 달려가 그를 끌어안았다. 그러자 초록머리 아이는 기다렸다는 듯 울음을 터뜨렸다. 둘이 껴안고 우는 주위를 다른 노랑머리 아이들이 에워쌌다. 아파트 입구에선 '사회복지센터'라고 적힌 모닝 차 한 대가 부랴부랴 들어오고 있었다. 호기심 많은 우리 구조대장님께서 경찰들 틈바구니에 끼어 이야기를 전해 듣고는 구조차에 올라타셨다.

　"음. 다른 것이 아니고, 애들이 열아홉 살인데 삶에 희망이 없대."

○○아파트라고 하면 아이를 가진 어른들은 아이들을 키우기 꺼려지는 환경이라고 생각한다. 얼마 전에 나의 가장 친한 친구를 만나 이 이야기를 나눴던 적이 있다. 여러 활동들을 하며 삶의 통찰이 있는 친구임에도 첫 대답은 "아이를 키우기엔 좀 망설여지지 않을까, 형?"이었다. 아마도 현재 다섯 살, 두 살 아이를 키우는 부모의 마음이 먼저였으리라. 매일 한 명의 아이는 꼭 그의 몸에 붙어 있었기에 어쩌면 당연한 대답이라고 생각했다.

인터넷 기사로 ○○아파트 관련 기사를 접했던 기억이 있다. 아이들이 반에서 친구들과 놀다가 심심치 않게 꺼내는 주제가 "너희 집 몇 평이야?"라고 한다. 생각해보면 조금 웃긴 대목이다. 서로 함께 공을 차며 신나게 놀다가, 잠시 쉬는 타이밍에 요구르트를 빨면서 친구 부모님의 재력을 조사하는 꼴이라니 말이다. 서로 비슷한 점을 발견하려는 것일까, 아니면 검증을 하려는 것일까.

여기서 ○○아파트에 사는 게 알려지면 '○○이'라는 꼬리표가 붙는다고 한다. 이런 아이들의 생각이 온전히 순수하게 그 아이들만의 생각일까? 혹시 어른들의 생각이 아이들에게 투영되어 머릿속에 자리를 잡은 것은 아닐까?

"너 ○○아파트 사는 누구 알지? 너 그 친구랑 친하게 지내면 안 된다. 알겠지?"

어른들이라면 이런 말을 아이들에게 하기 전에 정말로 옳은 말인지 생각해보았으면 한다.

나는 내 어린 시절의 한 토막을 그 ○○아파트에서 보냈다. 큰 방과 작은 방이 전부였지만 할머니를 포함해 다섯 명의 식구가 지내기에 그리 작지 않았다. 아침 6시면 어김없이 아버지는 일어나 베란다 문을 활짝 열고 우리를 깨웠다. 아버지의 차가운 손길을 이불 속에서 이리저리 피하다 지쳐 깨어나면 온 가족이 밥상에 모여 앉아 아침식사를 했다.

아침을 깨작깨작 먹는 사이 아버지는 건설현장으로 출근하셨고, 나도 옷을 입고 신발 가방을 챙겨 누나와 함께 등교길에 올랐다. 별일이 없는 한 나는 우리 반에 항상 1등으로 도착했다.

나의 둘도 없는 친구들 철웅이와 현철이도 같은 초등학교에 다녔다. 같은 반이었던 철웅이는 항상 1등을 놓치지 않는 우등생이었다. 현철이는 옆 반 3등, 나는 친구들과 살짝 갭을 두고 8등 정도 했던 기억이 난다. 철웅이는 몸이 불편하신 어머니를 모시고 살았지만 삶에 구김이 전혀 없는 씩씩한 아이였다. 철웅이의 집을 내 방 드나들 듯 다녔고 식사 때가 되면 철웅이 어머니께서 해주신 볶음밥을 먹곤 했다. 그 볶음밥은 아직도 나의 인생 볶음밥으로 남아 있다.

학교 수업이 끝나면 세상은 우리의 놀이터였다. 여름에는 인근 연못에 가서 개구리와 물고기를 잡았고, 겨울엔 아파트 사이 주차장에서 꼬리연과 방패연을 날렸다. 아이들 사이에 전설의 형이 한 명 있었는데, 방패연 기술자였던 그 형의 실타래는 우리와는 차원이 달랐다. 실타래의 실을 다 뽑으면 1킬로미터는 족히 되었을 만한 엄청난 크기의 실타래를 연에 묶어서 날렸다.

전설의 형이 방패연을 날릴 때면 연이 하늘에 있다는 정도만 분간이 될 뿐 하늘에 찍힌 점이 연인지, 내 눈에 낀 먼지인지 알아낼 재간은 없었다. 실타래를 정신없이 풀고 감는 형의 액션에 그저 감탄할 뿐이었다.

그러다 연줄이 끊어져 날아간 연은 흉흉한 소문으로 되돌아왔다. 겨울에 날아간 연을 다음 해 봄에 하늘에서 보았다는 소문이 돌았다. 그해 여름에도 가을에도 전설의 연을 보았다는 목격자가 속출했다. 하지만 비행기보다 빠르게 지나갔다는 연을 본 친구의 친구가 있을 뿐 실제 목격자는 나타나지 않았다. 27년이 지난 지금도 전설의 형이 날린 전설의 연은 ○○아파트를 맴돌며 아이들의 동심을 지키고 있겠지 싶다.

머리색이 알록달록한 아이의 입에서 '희망이 없다'는 말이 나오고, 사회복지센터 선생님이 모닝을 끌고 오는 모습이 왜 그리 어색해 보이지 않았을까. 왜 우리는 구조차 안에서 아이들의 교육을 말하고 거주지의 중요성을 이야기하고 있었을까. 아이들에게 희망을 빼앗아간 건 세상이 아니라 우리 어른들이 아니었을까 생각을 해본다.

아이들에게 편견을 심어주지 않고 본연의 모습 그대로 놓아둔다면 아이들은 그들 스스로 가치의 기준을 세우고 행복의 지표를 만들 것이다. 가능성에 스스로 한계를 긋는 멍청한 행동 따윈 하지 않을 것이다. 그것이 진정한 교육일 텐데 우리 어른들은 살아오면서 겪었던 실패와 실수를 아이들에게 먼저 가르친다. 스스로 실패하고 실수하는 법을 잃어버린 아이들은 겪어보지 않은 세상을 향해 '희망이 없다' 말하고 가능성의 끈을 끊어버린다.

머리색이 노란 아이를 보며 혀를 차지 말아야 한다. 머리색이 반항의 상징이 아닌 아이들이 추구하는 아름다움이란 걸 어른들이 이해해야 한다. 몸에 문신을 하는 것이 시간이 지나 평생 후회할 짓을 하는 게 아니라 그들이 지닌 생각을 몸에 옮기는 것임을 알아줘야 한다. 몸이 의미 없는 낙서장이 되지 않도록 가이드만 해줘도 아이들은 본연의 색을 지닌 어른으로 성장하지 않을까.

임대 아파트에 산다고 덜 행복하지 않다. 행복의 크기는 아파트의 크기와 비례하지 않는다는 걸 우리는 이미 알고 있다. 그 아이들이 바란 건 조언이 아니라 존중과 이해가 아니었을까. 그렇게 우리는 좀 더 관대해져야 한다. 아이들이 생각하는 모든 것에 대하여.

땡땡이 치마 그녀

"반장님, 결혼은 어쩌다 하게 되신 거예요?"

이반장님이 운전할 때 가끔 깜빡이를 켜지 않고 옆 차선으로 들어가는 모습을 보긴 했는데, 질문도 이렇게 깜빡이 없이 들어가는 스타일인 줄은 미처 생각하지 못했다. 내가 운전하던 중이었는데 놀라서 핸들을 틀 뻔했다.

"쓰읍…… 제가 말이에요……."

"아! 반장님, 제가 말을 실수했네요. 아니 제 말은 어떻게 결혼을 생각하게 되신 거냐고요. 이제는 혼자 사는 사람도 많고, 사람과 사람이 만나다가 결혼 말고 다른 결론을 낼 수도 있는 거잖아요."

말실수에 아차 싶은 반장님이 질문을 고쳤지만 오히려 대답이 더 복잡해졌다.

"아…… 그게 말입니다."

언제부터인가 나는 소방서에서 열일하는 직원으로 이미지가 굳었다. 뭘 시켜도 군말 없이 하고 기대했던 것보다 퍼포먼스가 더 좋았으니 그럴 만도 했다. 그와 함께 따라오는 말은 "비혼도 요즘은 괜찮아. 주변에 많잖아"였다. 마치 결혼의 꿈도 접은 채 일에만 몰두하는 비혼주의 남성으로 보였나 보다.

그럴 맘이 조금도 없는데 그렇게 보인다는 건 참으로 잔인한 일이 아닌가 생각이 들었다. 짠한 기운이 식당까지 돌았는지 소방서 식당 이모님도 반찬을 조금 싸주며 나를 애잔하게 바라보셨다.

몇 번의 소개팅이 있었지만 잘 성사가 되진 않았다. '사랑하면 결혼을 해야지, 결혼을 하기 위해 사랑하지는 말자'라는 나름의 신념이 있었고, '결혼을 전제로 사랑하는 건 추리소설을 마지막 장부터 읽는 것이다'라는 책에서 읽은 구절도 마음에서 한몫했다. 무식한 사람이 신념을 가지면 무섭다는 말을 이때 쓰면 되는 건가. 연고 없이 전라도 끝자락에 살면서 이런 생각으로 살고 있으니 비혼주의 소리를 듣고 있지. 결혼이라는 건 온 우주의 기운을 끌어다 써도 될까 말까라고 하던데, 나는 작은 문턱도 넘지 못하고 있었다.

그러던 중 한 여자를 소개로 만났다. 밝은 미소를 지닌 연극인이었다. 커피를 마시며 나의 굴곡진 인생사를 듣는 동안에도 미소를 유지했다. 걸음을 맞추며 길을 갈 때도, 헤어지는 순간에도 내게 미소를 지어 보였다.

'내 인생사를 듣고도 아무렇지 않다고?'

그 미소에 홀린 건지 내 이야기를 잘 들어준 고마움 때문인지 남원으로 내려오는 내내 그 모습이 마음에 남았다. 한두 번의 만남을 더 갖고 그녀에게 꺼내기 힘든 말을 해야 했다. 당시 건강검진으로 수술을 예정받은 상태였기에 한동안 만나지 못할 거라고, 그리고 나는 어떤 이유로 조직을 떼어내는 수술을 받아야 한다고 말이다. 이제 누군가와 인연이 시작되는데 이런 말을 꺼낸다는 게 좋지 못한 신호임을 직감했다. 누가 아픈 사람과 만나고 싶겠나. 병을 앓는다는 큰 스트레스와 인연을 잃을지 모른다는 불안감은 내 마음을 더욱 무겁게 했다.

수술을 마치고 병원 침대에 누워 전신마취의 후유증을 온몸으로 겪고 있었다. 우리 집에 웬 간호사들이 이렇게 왔다 갔다 하는지, 무슨 일로 친척동생이 내 손을 맞잡고 '괜찮냐' 수시로 묻는 건지 정신이 오락가락했다.

사리도 분별할 여유가 없는 때에 뭔 열정으로 문자를 주고받았는지 그녀가 면회를 온다고 했다. 링거를 꼽고 화장실에 가서 한동안 매무새를 정돈했다. 환자지만 환자처럼 보이지 않도록 면도도 하고 옷깃을 세워도 보고 애를 썼다. 아파 보이면 겨우 닿은 만남의 기회가 도리어 역효과를 낼까 걱정이었다.

링거 폴대를 번쩍 들고 늠름하게 걸어서 병원 앞 공원으로 걸어갔다. 땡땡이 치마를 입고 양손엔 먹을 걸 잔뜩 싸들고 온 그녀가 미소를 짓고 저만치에 서 있었다. 그리고 그녀의 미소는 여전히 나를 향해 있었다. 포근했다.

집으로 돌아와 일상으로 복귀한 내게 별로 달라진 건 없었다. 소방서 일은 병원을 다녀오기 전과 후가 어쩜 이리도 똑

같은지, 환자를 차별하지 않는 직장에 살짝 서운하면서 감사했다. 원래 '단-짠'이나 '귀여움-섹시함'처럼 상반된 성격을 모두 가지고 있으면 매력적인 거라고 하던데, 이 매력적인 감정은 무엇인가.

다만 상상할 거리가 한 가지 추가되었다. 자다가 일어나 냉장고를 열면서 그녀와 함께 먹는 아침을 상상했고, 퇴근하고 온기 가득한 집에서 그녀와 도란도란 얘기 나누는 상상만으로도 기분이 좋아졌다. 아직 연애는 시작도 안 했는데, 나는 결혼부터 상상하고 있었다. 그런 상상이 세 번째 반복될 즈음 전주로 차를 몰고 가서 고백을 했다.

"저는 좋은 친구 한 명 더 늘리자고 당신을 만나는 게 아녜요. 그래서 말인데 친구 그만하고, 우리 이제 거시기합시다!!"

달빛 아래 전라북도 도청 앞 잔디밭에서 꽤나 전라도스럽게.

그녀는 그다음 해 나의 아내가 되어주었다. 결혼과 연애의 순서를 조상들이 정해준 것도 아니고 진짜 사랑을 느끼면 신념이고 뭐고 다 소용이 없었다. 결혼이 사랑의 종착지가 아닐 순 있지만, 이 사랑의 끝이 결혼이면 더 바랄 게 없었기에 나는 독신의 종말을 선언했다.

운전을 하다 잠시 고민에 빠진 나는 이렇게 대답했다.

"결혼할 만한 사람을 만났거든요. 반장님도 포근한 사람 만나세요."

꼭 꿈을 이뤄야 하는 건 아니잖아

2017년 겨울, 한 차례 사업이 망하고 방송국들이 모여 있는 서울 상암동 공사현장에서 건설 노동을 하던 때였다. 비록 몸은 먼지로 가득한 건물 지하에서 건설 자재를 나르고 있었지만 꿈이 있었기에 마음만은 항상 뜨거웠다. 그러던 중 친구 하나가 나에게 제안을 했다.

"형, 우리가 항상 뜻하던 일이 있잖아. 사람들에게 따뜻한 나눔을 줄 수 있는 기업을 만드는 거. 내가 직장인이니까 지원을 해줄 수 있을 것 같아. 우리, 작은 가게부터 먼저 시작해 보는 건 어떨까?"

내 손으로 건물 하나를 지어 올려볼까 했지만 그 말을 듣고 가만히 있을 수 없었다. 그 길로 건설현장 일을 그만두고 가게를 알아보기 위해 서울 곳곳에 내 발자국을 남기며 돌아다녔다. 하지만 한 달이 다 되도록 우리가 가진 예산으로 들어갈 수 있는 가게를 찾지 못했고, 나는 궁여지책으로 밤일을 구할 처지가 되었다. 낮 시간에는 가게를 알아보고 연락을 기다려야 했기 때문에 시간 활용이 자유롭지 못했지만 그 당시 서울의 밤은 내게 고요하고 길었다.

당시 홍대 근처에서 지내다 보니 자연스럽게 홍대 앞 거리와 문화에 눈길이 갔다. '홍대'라는 이름이 주는 분위기만으로 대리만족을 얻을 수 있는 흥미로운 동네였다. '홍대' 하면 가장 먼저 떠오르는 단어 '클럽'. 살면서 단 한 번도 가본 적이 없던 곳이기에 클럽 외관에서 뿜어져 나오는 화려한 조명과 쿵쿵거리는 음악은 나를 더욱 궁금하게 만들었다.

어느 날 '나는 영어도 곧잘 하고 운동도 열심히 하니 클럽 문지기 정도는 할 수 있지 않을까?' 하는 마음에 곧장 가드 지원서를 보냈는데 덜컥 연락이 왔다.

"키가 어떻게 되시죠?"

"예? 아 176센티미터요."

"음…… 일단 한번 와보세요."

그렇게 찾아가 클럽 매니저와 면접을 무사히 마치고 나는 클럽 가드의 일원이 되었다.

"근데 저기요. 큰형님께서 좀 뵙자고 하시는데요."

참나…… 지금 시대가 어느 때인데 무슨 큰형님 작은형님을 찾고 있나. 속으로 중얼중얼거리며 지하에서 계단으로 올라가는데, 계단 끝에 자리한 바 의자에 검은색 정장을 입은 거구의 사내가 앉아 있는 것이었다. 덥수룩한 수염에 깍두기 머리, 키도 내 위로 머리가 하나 더 있는 엄청난 거구였다. 그렇지만 위압적인 분위기와 다르게 깊은 눈동자를 가진 사람이었다.

계단 끝에 첫발이 닿자마자 나는 "큰형님! 안녕하십니까!"

라며 큰 소리로 인사했다. 내 나름 산전수전 공중전까지 겪으며 지내왔던 터라 사람 무서워한 적이 없었는데, 큰형님의 눈을 보는 순간 인사가 자동으로 튀어나왔다(동요 〈산중호걸〉도 현실은 호랑님한테 인사 90도로 박고 시작하지 않았을까 추측해본다).

처음 맞닥뜨린 클럽은 내게 호기심과 두려움이 공존하는 곳이었다. 술에 취한 진상 손님을 끌어내기도 하고, 나보다 덩치가 두 배나 큰 손님 앞에서도 주머니에 손을 꽂고 주눅 들지 않기 위해 인상을 찌푸려댔다. 가끔 취기와 객기로 달려드는 손님과 몸이 엉켜 그들이 휘두르는 손에 맞기도 했다.

밤이 새도록 한순간도 쉬지 못하고, 손에 든 물 한 병을 제외하고는 무언가를 먹을 수도 없었다. 우리는 클럽에 온 손님들이 번쩍거리는 불빛과 신나는 음악만 기억하고 나갈 수 있도록 음지에서 일하는 사람들이었다.

밤새 파도처럼 밀려오는 사람들로 북새통을 이루던 지하 2층도 아침 7시가 되면 새로운 모습이 됐다. 출구 계단 위 샹들리에 조명에 불이 켜지고 윤종신의 〈좋니〉가 흘러나오면, 흐느적거리며 춤을 추던 사람들이 마법에 풀려난 두꺼비 왕자처럼 겉옷을 챙겨 또각또각 똑바른 걸음으로 클럽 밖으로 나섰다. 마지막 손님이 문밖으로 나가면 이윽고 "하~이! 굿모닝!"을 힘차게 외치며 청소하시는 이모님들이 고무장갑을 끼고 계단으로 내려왔다.

함께 일하는 친구들이 이모님을 향해 달려가 안기면 이모님은 수고했다며 엉덩이를 토닥여줬다. 밤새 춤추던 한 친구가 탈진한 채 소파에 몸져누우면 매니저가 슬며시 다가가 코트로 몸을 덮어주었다. 검은색 복장에 무서운 얼굴을 하던 가드들도 그제야 환하게 웃으며 아침 돈가스를 함께 먹을 동료를 구하기 위해 구애의 눈빛을 주고받았다. 클럽의 밤과 아침은 냉탕과 열탕만 있는 목욕탕 같았다.

우리가 생각하는 음지라 하더라도 결국 사람 사는 곳이었고, 그 사는 모습 또한 다 비슷했다. 그 안에서 서로 사랑하고 이별하고, 슬픔을 나누고, 기쁨은 함께 했다. 우린 종종 큰형님의 옥탑방에 모여 고기를 구워 먹으며 큰형님의 흥미진진한 건달 시절 이야기도 듣곤 했다. 대부분 큰형님 오른손 한 방에 떨어져나간 녀석들 이야기였지만 늘 재미있었다.

내가 깐풍기 가게를 차리기 위해 일을 그만두어야 할 것 같다고 말하자 큰형님은 진지하게 나의 뜻을 이해해주시고 조언도 아끼지 않았다. 사실 큰형님의 꿈은 떡볶이 가게를 차리는 것이었다는 얘기도 들었다. 그렇게 우린 일로 만났지만 서로의 꿈을 응원해주고 있었다.

나의 사수 A씨는 낮에는 연극 무대에 섰고, 2인자 B씨는 격투기 체육관을 운영했다. 낮엔 신문기자로 활동하는 C씨, 경남 창원에서 가수가 되기 위해 서울로 상경한 막내 직원 등 클럽의 많은 이들은 자신의 꿈이 모인 서울이라는 도시에서 각자의 꿈을 쏘아 올리기 위해 하루하루 클럽 계단 한

편에서 차가운 겨울바람을 견뎌냈다. 낮의 꿈을 이루기 위해 밤을 깨우는 사람들. 나는 천만 인이 살아도 외롭다는 서울에서 그들 덕분에 조금은 외롭지 않았다.

3개월의 짧은 만남을 끝으로 클럽을 떠난 뒤 얼마 안 있어 망원동에 가게를 차렸다. '6평의 작은 가게에 맘씨 좋은 사장님이 남는 것 없이 퍼주며 장사를 한다'고 입소문이 났는데, 정말 남는 게 없어서 1년 만에 문을 닫아야 했다. NGO나 기업까지는 못 되었지만 그래도 따뜻한 나눔은 있었다.

며칠 전 예비신부의 짐이 집에 들어왔다. 짐 정리를 하다가 클럽에서 입었던 검은색 정장이 눈에 들어와 주섬주섬 몸에 걸쳐보았다. 소방서에서 주는 밥 꼬박꼬박 얻어먹고 다녀서 그런지 허벅지와 엉덩이가 꽉 끼이는 게 폼이 나지 않았다.

거울 너머로 촛불처럼 흔들리는 그때의 내 모습이 보였다. 불안정해 보이긴 해도 나름 심지가 있었다. 저때는 하고 싶은 일도 많고 꿈도 있었는데, 지금은 그럴싸한 취미 하나가 없다. 푹 빠져 시간 가는 줄 모를 만큼 무언가를 좋아했던 적이 언제인지 기억도 까마득하다. 나는 이제 결혼도 할 예정이고, 안정적인 직장에, 예전보다 좀 더 넓은 집에 살지만 때때로 그때가 그립다.

옷매무새를 다듬다가 거울 속 클럽 문지기가 물어왔다.

"잘 살고 있냐?"

나는 대답했다.

"응. 그래도 잘 사는 거 같아. 꼭 꿈을 이뤄야 하는 건 아니잖아."

이름만으로 충분한

"형! 누나한테 연락해서 조카에게 티브이 보여주지 말라고 해."

"어? 어 그래, 해성아. 나한테 할 말은 없고?"

"어. 형."

아프리카 우간다에서 만나 10년째 의형제로 지내고 있는 해성이는 열정적인 오지라퍼이다. 우리 누나의 인스타를 보고 내 조카 걱정까지도 도맡아 할 정도로 말이다. 그래도 누구보다 좋은 아빠임엔 틀림이 없다. 해성이를 만나러 서울에 가면 두 아이 중 한 명이 그의 몸에 껌딱지처럼 붙어 있다. 제수씨도 쉬게 할 겸 나머지 한 명을 내 몸에 붙이고 우린 동네 산책을 떠난다.

한국의 회식 문화로 시작한 대화는 한국 근현대사, 중국사, 미국 정치를 찍고, 아이들의 미래로 끝이 난다. 꽤나 웅장한 레퍼토리지만 이런 식의 대화도 10년째 하다 보니 막힘이 없다. 열정 넘쳤던 청년들은 이렇게 동네 정치인이 되어간다.

"형. 결국 아이들은 우리의 뜻대로 크지 않아. 우린 그냥 아이들이 우리 품에 있는 동안 힘껏 사랑해주는 거야. 아이들은 풀과 나무들, 구름 그리고 하나님이 키우는 거야."

'갑자기 시인?'이란 생각도 들지만 나에겐 이런 시인 삼촌 조차 없었다. 12년의 추억, 26년의 그리움이 전부인 나의 아버지는 건설현장의 목수였다. 늘 어깨 통증과 허리 통증을 달고 사셨던 터라 내가 기억하는 아버지 향기는 로션처럼 바르는 연고냄새였다.

술 담배를 하지 않았지만 장례식장만 다녀오면 술에 취해 들어오셨다. 자고 있던 누나와 나를 깨워 과거에 얼마나 힘 들었는지, 지금 얼마나 고생하는지 그리고 우릴 얼마나 사랑 하는지 술냄새 섞인 고백을 귀에 딱지가 앉도록 하셨다. 같 은 이야기가 3회차 정도 반복될 쯤에야 쓰러져 주무셨고, 나 는 또다시 꿈속 괴물과 전투를 벌이러 잠자리에 들었다.

아버지는 내게 "너만큼은 고생하지 마라"라고 말씀하셨지 만 정작 아버지가 세상을 떠나고 나는 오만 고생을 다했다. 지금은 돼지 잡고 불길도 잡는 소방관이 되었으니 아버지의 기대와는 다른 방향으로 큰 셈이다.

해성이 역시 보수적인 교육자의 아들로 자랐지만 해외 영 업인으로 살다가 국내 외국계 기업의 영업인이 되었다. 뭐 하나 그분들 뜻대로 된 것이 없으니 자식농사가 쉬운 건 아 닌 것 같다.

그래도 그분들의 사랑만큼은 우리 가슴에 남았다. 그 내 리사랑이 양분이 되어 우리 조카 시원이, 아내 배 속의 함 박이, 해성이 아들 온유, 딸 새벽이도 잘 자라나겠지. 자기들 뜻대로.

　아버지 그 이름만으로 충분한, 풀과 나무들, 구름 그리고
하나님.

18개월 조카의 가르침

요즘 내 조카가 걸어 다닌다. 한동안 대걸레처럼 집 안 구석구석을 닦고 다니던 녀석이 곧잘 일어서서 걸어 다닌다. 덕분에 누나는 빨래를 덜하게 되었지만 조카 대신 바닥을 더 닦아야 하니 샘샘이다. 그리고 이유식 입문 시기엔 바나나만 줘도 그렇게 잘 받아먹던 놈이 딸기를 한번 먹여놓으니까 딸기만 찾는다.

그러다 소고기를 처음 먹여놓으니 이젠 단식투쟁도 불사하며 소고기를 달라 한다. 이 녀석, 뭔가 더 맛있는 게 있을 거란 기대를 하고 있는 것 같다. 아쉽지만 조카야. 삼촌이 좀 살아보니까 소고기가 제일 맛있더라. 소방생활을 하는 와중에 수시로 보내오는 조카 동영상이 내게 큰 힘이 된다.

이제 막 삶을 시작하는 조카한테서 사실 배우는 것도 많다. 나는 반복되는 하루에 별 흥미 없이 어제까지 살아온 속도대로 오늘을 살아간다. 기억에 남는 날보다는 잊히는 날이 많아서 이틀 전 점심메뉴도 잘 기억을 못 한다. 한데 이놈은 매일매일을 감탄하면서 살고 있다. 집에 파리만 하나 날아다녀도 감탄사를 연발하며 박수치고 좋아라 한다. 커서 기억을 할지는 모르겠지만 그거 한 마리 잡으려고 삼촌이 몸을 날렸다가 엄지발톱을 잃기까지 했으니까. 홈키파는 최고의 발명품이고.

조카는 어제 처음으로 짜장면을 맛보았다. 내 여행용 칫솔만 한 포크로 잘라진 면을 탁 찍어 입으로 넣더니 단춧구멍 같았던 동공이 단추만 해졌다. 그때부터 이성을 잃고 마구잡이로 집어먹는 조카를 보았다. 역시나 내가 살면서 짜장면 싫어하는 어린이를 본 적이 없다. 어쨌든 이 녀석은 아직 인생에 속도가 붙지 않아서 관성대로 살지 않고 그 순간순간을 살아가는 것 같다.

나도 아직 맛보지 못한 음식도 많고 못 해본 경험도 많다. 심지어 지리산 바로 밑에서 일하면서도 노고단 한 번을 오르지 못했다. 점점 익숙한 것에만 손이 가고 몸이 가는 서른일곱의 어른이 된 것이다.

생각해보면 어제처럼 오늘을 살 필요는 없다. 잠시 멈춰서 내 옆도 보고 뒤도 돌아보면 되는 것인데, 앞만 보고 달려가듯 열심히 사는 게 미덕인 양 살고 있었다. 지금도 인명구조사 자격증을 따기 위해 수영복을 주섬주섬 챙기고 있다. 휴…….

장마가 좀 지나가면 18개월짜리 조카에게 얻은 교훈으로 살아볼까 한다.

내 나름의 행복론

꿈

십 년 전, 스물아홉 살의 나는 칠레 아타카마사막 250킬로미터 마라톤 완주를 성공한 후 페루로 돌아왔다. 6월 말에 열리는 이집트 사하라사막 경기를 준비하기 위해 페루에 있는 어느 한인식당에서 서빙을 하던 시절이었다.

내 이야기를 띄엄띄엄 들은 어떤 이는 영화 〈킹스맨〉처럼 겉은 소박한 한식당이지만, 지하 통로로 이어지는 계단으로 내려가면 극한 마라토너를 훈련시키는 비밀 체육관이 있고, 한물간 마라톤 영웅이 목이 늘어진 셔츠를 입고 기다리는 그런 식당을 예상하던데, 물론 그런 것은 절대 아니었다.

현실판 킹스맨은 수중에 있는 경비를 아끼기 위해 식당에서 서빙을 하고, 그 대가로 식당 사장님 집 거실에서 침낭 깔고 숙식을 해결하는 '열정 빈대' 같은 느낌이었다. 아침에 운동하고 점심이 다 되어 식당으로 출근을 했다. 호주 농장에서 일하던 버릇이 있어서 아침 일찍 일어나서 사장님과 같이 출근했더니, 나에게 페이를 주지 않고 숙식만 제공해주는 식당의 입장에서 볼 때 내가 일을 너무 오래, 그리고 격하게 한다며 출근을 늦게 하라는 명령이 떨어졌다. 점심 무렵에 느지막이 출근하게 되어 덕분에 일이 체력적으로 힘들진 않았다.

짧고 긴 식당 일을 마치고 집에 돌아오면 내 몸 하나 누울 만한 멀끔한 거실과 베란다가 있었다. 베란다 위에선 페루의 동네가 한눈에 보였다. 페루의 서울대인 카톨릭카대학 전경이 쭉 펼쳐졌고, 바로 아래엔 프랜차이즈 치킨집인 파파이스에서 매일매일 긴 줄을 서서 기다리는 사람들도 볼 수 있었다.

난 그 옆의 허름한 간판의 식당을 좋아했다. 우리나라 돈으로 1,600원만 내면 '깔도'라는 닭국수를 먹을 수 있는데, 한국의 백숙과 매우 비슷한 맛이었다. 일할 때 식당 사장님이 말동무도 되어주고 밥도 챙겨줬지만 도전자라는 입장에서 느껴지는 고독은 무엇으로도 위로가 되지 않았다.

일 년 안에 사막마라톤 네 경기를 모두 완주하겠노라는 결심과 꿈을 이루기에 나는 그다지 용감한 사람도, 여유가 있는 사람도 아니었다. '나는 잘 하고 있는 건가?' 그런 깊은 고민에 한국이 그리워질 때면 그 식당으로 내려가 5솔(페루 화폐)짜리 깔도를 사 먹었다.

3솔을 더 주면 닭다리 하나를 국수에 얹을 수 있는데, 간판 쳐다보고 지갑 쳐다보고 다시 간판을 쳐다보고는 항상 "쏠로 깔도(깔도만 주세요)"를 외쳤다. 면을 다 먹고 닭국물을 후루룩 마실 때 간판에 있는 닭다리 사진을 보며 실제로 닭다리도 먹은 셈이라 쳤다. "어차피 아는 맛인데 괜찮아."

밤이 되면 베란다 너머로 노랗고 둥그런 달이 떴다. 거실에 누워 달을 보면서 꿈을 꾸었다. 내 꿈은 당장 배를 채울 쌀을 사주지도 않았고, 안정된 미래를 보장하지도 않았다. 그저 스물세 살 내 가슴을 심하게 흔들었던 꿈 같은 일을 현실로 이루고 싶었다. 그냥 꿈을 꿈으로 남기는 게 싫었다.

누가 알아주지 않아도 괜찮았다. 나중에 누군가 내 이야기를 듣고 힘을 얻는다면 그걸로 만족하리라 싶었다. 그런 생각들과 거실을 비추는 달빛이면 행복했던 시절이었다.

선물

예전에 교회에서 친한 동생들이랑 차 한잔 하며 얘기하다가, 불현듯 근처에 원룸을 잡고 사는 친구 한 명이 보고 싶어 단체로 쳐들어가기로 했다. 그 당시 가진 것도 없는 우리이긴 했지만, 친구네 집에 방문한다고 해서 특별히 뭔가를 사 들고 가야 하는 그런 사이도 아니었다.

친구네로 향하던 중 골목을 지나는데 바닥에서 무언가 떨어져 있는 걸 보았다. 열쇠고리였다. 발자국이 선명하게 찍혀 있긴 했지만 비닐포장이 벗겨지지 않아 손으로 쓱쓱 닦아내니 금방 새것처럼 변했다. 나는 열쇠고리를 주머니에 넣고 친구 집에 들어서면서 "옛다. 오다가 주웠다" 하고 던져줬다. 난 정말로 진실을 이야기했는데 친구는 놀랍게도 손바닥에 열쇠고리를 올려놓고 한참을 바라보다가 눈물까지 글썽이는 것이었다.

"아~ 오버하지 마. 진짜 오다가 주웠다고."

함께 있던 교회 동생들은 이 상황이 웃겨서 침대에 나뒹굴었고, 그 친구는 폭풍 감동을 받아 우리에게 치킨까지 시켜줬다. 난 치킨을 깨작깨작 먹다가, 순박함과 어수룩함 중간쯤 어딘가에 있는 친구 모습을 보고 고개를 절레절레 흔들었다.

의도하진 않았지만 선물을 받는다는 건 실로 행복한 일이다. 선물은 다른 말로 '나는 당신을 생각합니다'라고 하지 않는가. 모여 사는 듯해도 철저하게 홀로 짐을 지고 살아가는 세상에서 자신을 생각해주고 찾아와 표현한다는 건 너무 감사하고 행복한 일이었을 것이다.

한 가지 깨달은 것이 있다면, 별로 어려운 일이 아니었다. 행복을 만난다는 건.

설렘

"반장님. 이런 떨림 진짜 오랜만입니다. 오우 막 심장이 벌렁거리고 설렙니다."

최강소방관 대회에 출전한 이반장은 자기 차례를 한 시간 앞두고 내게 말했다.

"이반장아. 너 말 잘했다. 누가 그러더라. 설렘이란 감정이 비싼 감정이래. 어렸을 때야 소풍 가기 전날이나 짝사랑하는 애 쳐다만 봐도 막 문득문득 찾아왔는데, 나이 들면 엔간한 일엔 마음이 꿈쩍도 안 한다잖아. 그나마 비싼 돈을 들여야 비슷한 감정이 든다는 거야. 차를 사거나 해외여행 나가거나, 이런 거. 이야~ 설레고 좋겠다. 난 네가 부럽다."

"아니! 반장님. 그게 아니지 않습니까. 한 시간 있으면 저 모래통을 들고 계단을 뛰어올라 갈 생각을 하니까……#&$@!"

"응~ 안 들려……."

금쪽같은 조언을 마친 나는 유유히 자리를 떴다. 한 20년쯤 지나면 술잔을 기울이면서 회상하지 않을까. 같이 코 흘리던 지금 이 시절이 행복했다고. 설레었다고.

똑똑똑

"똑똑똑. 저기 삼촌!"

아침에 퇴근하고 집에 들어오자마자 문에서 노크소리와 어린아이의 목소리가 들렸다. 내가 남원에 조카를 키운 적이 없는데 삼촌이라니. 너무 놀란 마음에 문을 여니 옆집 꼬맹이가 귤 한 봉지를 건네며 "감사합니다" 인사를 하고 쌩 가버렸다.

요는 이렇다. 코로나로 소방서의 회식이 취소되면서, 원래 회식비로 쓰려던 비용으로 마스크를 사서 직원들에게 나눠 줬다. 난 딱히 아이가 있는 것도 아니고 해서 그냥 옆집, 윗집, 아랫집에 나눠주는 것이 좋겠다 싶었다. 집에 적당한 봉투라고는 치킨 봉지밖에 없어서 마스크를 20개씩 나누어 치킨 봉지에 담아 각 집의 문 앞에 걸어놓았다. 그랬더니 고맙다는 인사를 하러 아이가 찾아온 것이었다. 집에 들어와서 귤을 하나씩 까먹다 보니 가슴이 몽실몽실했다.

　예전에 대학교 화장실에 쓰여 있던 누군가의 행복론을 본 적이 있다. '행복은 멀리 있지 않다. 엄~~청 멀리 있다'라고. 그땐 큰 용변을 출력하면서 "음…… 그럴 수 있지" 하며 고개를 끄덕끄덕했지만, 십 년도 더 지난 지금은 조금 다른 관점이 생긴 것 같다. 행복은 거리가 아니라 빈도가 아닐까, 라는 생각. 이런 작은 행복도 자주 느낄 수 있는 삶이라면 그럭저럭 괜찮은 인생 아닌가.

일의 보람 앞에서

"소방관으로 지내면서 가장 보람찼던 순간은 언제인가요?"

소방관인 내가 가장 흔하게 듣는 질문인데 막상 답변을 하려고 보니까 숨이 턱 막혔다. 사람들 생각에, 소방관은 지금 하고 있는 일에 꼭 보람을 느껴야만 하는 직업이라고 생각하는 것 같다. 이런 유의 질문을 들으면 어쩔 땐 보람을 강요하는 것이 아닌가 싶은 생각이 들 때가 있다.

케케묵은 방화복 안에 돈 이상의 무언가를 담고 있다가 매번 그것을 꺼내보며 일할 것 같지만 사실 그게 그렇게 안 된다는 고백이 솔직한 심정이다. 사람들을 돕는 것이 직업이니까 당연히 해야 할 일들이 되어버렸고, 매번 보람을 찾고 의미를 부여하기엔 사건사고가 너무 많다.

게다가 구조 작업 이외에도 온갖 이벤트 업무가 산재해 있다는 건 전혀 예상하지 못했다. 불 끄고 돌아와서 몸에 불냄새가 가시지도 않았는데 컴퓨터 앞에 앉아 PPT를 만들고 있다 보면 내가 소방관인지, 혹은 소방서의 노예인지 소위 '현타'가 온다. 소방시험을 준비할 땐 소방관의 사명, 희생, 불속으로 들어가는 용기, 이런 것들에 피가 끓었는데, 소방관으로 몇 년을 지내고 보니 이젠 뭐 이런 일까지 해야 하나, 가끔 속이 끓는다.

일반인들은 살면서 한 번도 경험하기 힘든 어려운 일들을 돕고 처리하는 일은 분명 보람 있는 일이지만, 직업인으로서의 보람은 매 끼니마다 쌀밥의 참맛을 느끼고 음미하며 식사를 해야 하는 것만큼 쉬우면서도 어려운 작업이 되었다.

이 질문은 얼마 전 대학교 후배가 보내온 메일로부터 시작되었다. 대학교 방송국에서 방송을 만드는 친구들이고 졸업한 선배들을 찾아 어떻게 살고 있는지 유튜브로 인터뷰를 진행하고 있다고 했다.

"구조대원의 일과는 어떤가요?"

"소방관이 된 이유는 무엇인가요?"

"삶의 활력소는?"

딱히 특별할 것 없는 질문이 가득 써 있는 질문지에 답을 적어가다가 '보람'이라는 단어에서 막힌 거였다. 인터넷 국어사전에서 뜻을 찾아보기도 하고, 카페에서 멍 때리다 문득 학창 시절을 같이 보낸 수많은 보람이들이 떠오르기도 했다. 부모님이 아이를 낳고 너무 보람찬 나머지 자식의 이름을 보람이로 지은 건지, 아니면 앞으로 보람차게 살라고 그 이름을 지어주신 건지 모르겠지만, 자고로 사람의 운명은 이름 따라간다고, 이 정글 같은 인생을 어디선가 잘 헤쳐가고 있겠지 싶었다.

이제는 출동 업무가 익숙해져서 작용과 반작용처럼 구조

활동을 벌여온 탓에 언제 가장 보람찼는지 긴가민가하기만 했다. 나는 속으로 '섬진강 제방 무너졌을 때 마을 사람들 구조하던 게 제일 보람찼나? 아니지. 목숨을 구한 건 아니니까 가장 보람차진 않았지. 꼭 목숨을 구해야 보람찬 것인가? 하수구에 빠진 앵무새 구해줬을 때 아이들이 가장 좋아하긴 했는데……' 어느새 내가 겪었던 사건들을 보람찬 순서대로 줄을 세우고 있었다. 그러자 나폴나폴 먼지바람이 이는 한 기억이 떠올랐다.

비가 내렸던 여름날 어느 똥꼬발랄한 개 한 마리가 우리 앞을 뛰어다니고 있었다.

"저기…… 신고자 되시나요?"

축사 옆 집 문틈 사이로 얼굴을 반쯤 내민 아주머니께 말을 걸었다.

"예. 제가 신고했어요."

"혹시 본인 소유의 개인가요?"

"아뇨. 그런 건 아니고요. 주인이 따로 있긴 한데 밥만 한 번씩 주고 신경을 전혀 안 쓰길래 하도 딱해서 신고를 했어요."

아주머니는 처음에는 경계하는 듯하더니 어느새 문 밖으로 나와 뒷짐까지 지고 우리에게 본격적으로 썰을 풀기 시작했다.

아주머니의 말은, 소 한 마리 없는 축사에 개만 묶어놓고 주인이 가끔 와서 밥을 주고 가는데, 새끼 때 목줄을 해놓고 한 번도 목줄을 늘려주지 않았단다. 목줄은 개의 목을 파고 들어서 피부가 썩어 냄새가 옆집까지 날 정도라 한다. 냄새는 둘째 치고라도 불쌍해서 그냥 놔둘 수가 없어 119에 신고를 했다고 하셨다. 대문 너머로 털에 윤기가 번들번들한, 이쁨깨나 받고 자란 것 같은 개가 꼬리를 빳빳하게 세우고 우리의 동향을 지켜보고 있었다.

축사로 와서 개를 포획망으로 잡고 보니 상황은 더 심각했다. 목줄이 살을 파고든 정도가 아니라 목줄을 감싼 채로 피부가 아물어서 목줄은 이미 개의 신체의 일부가 되어 있었다. 그런 상황에 몸을 움직일 때마다 목줄과 피부의 마찰로 다시 상처가 생기고 아물고를 반복하였다. 숨소리에 쇳소리까지 섞여서 나오는 상황을 보니 호흡에도 지장이 있는 듯했다. 개를 잡는 과정에서 상처는 더 심해져서 그냥 두고 볼 수만은 없었다.

"이반장. 공구상자 가져와봐."

이때부터 미드 〈그레이 아나토미〉 뺨치는 구조팀장님의 수술이 시작되었다. "칼!" 팀장님의 호령과 함께 구조대원들이 온갖 날카로운 것들을 찾아 손바닥 위로 올렸다. 시간이 조금 흐르자 우린 암묵적인 합의로 각자의 포지션이 정해졌고 강남 한복판에 있는 스타벅스 매장의 직원처럼 주문과 서비스가 일사불란하게 이뤄져갔다.

"니퍼! 아니야. 이건 너무 커. 더 작은 거 없나?"

제일 작은 니퍼였는데 더 작은 니퍼를 원하신다고? 갑자기 마음이 분주했다. 뛰어가서 가져와야 하나? 근데 어디로 뛰어가야 되는 거지? 잠시 서비스 오류에 다들 눈빛만 교환하고 있는 사이, 개의 목에선 어느새 피가 흐르기 시작했다. 압박봉대로 출혈 부위를 막고 수술이 난항을 겪는 듯했지만 팀장님은 침착하게 주어진 도구들로 다시 목줄을 제거해 나갔다.

새카맣게 피떡이 된 목줄은 보기만 해도 마음이 괴로웠다. 피부에 붙어서 떨어지지 않는 목줄을 칼로 째가며 뜯어내는데, 개를 이 모양이 되도록 방치한 개 주인이 한편으로 원망스럽기도 했다.

"됐다."

한참을 쪼그리고 앉아 이리저리 몸을 기울여가며 수술을 진행하던 팀장님 입에서 안도감 섞인 혼잣말이 들렸다. 팀장님은 눅눅하고 새카만 목줄을 뒤쪽 쓰레기더미로 휙 던지며 한 손으로 허리를 짚고 일어났다. 아까는 무지개다리를 건널 것만 같았는데 옆으로 쓰러져 있는 녀석을 다시 보니 눈동자에 비친 하늘로 오색 무지개가 빛나고 있었다.

"선생님. 주인이 있는 개는 저희가 동물병원으로 데려가진 못해요. 혹시 주인이 밥 주러 오거든 병원에 한번 데려가시라고 전해주세요"라고 말하곤 몸을 돌려 개한테도 인사를 고했다.

"마! 형들 간다. 잘 지내라."

배를 툭툭 치고 뒤돌아 가려는데 개가 꼬리를 살살 흔들기 시작했다. 꼬리가 바닥을 스치면서 폴폴 황색 먼지가 일었다. 전자레인지로 해동시킨 인절미처럼 바닥에 축 늘어진 놈이 꼬리만 살아서 우리한테 고맙다는 말을 하고 싶은 것 같았다. 마취가 덜 풀려서 몸도 못 가누는 녀석이 마지막 인사를 하는 그 모습이 아직도 잊히지 않는다. 아마 그때 별별 일 다 하는 소방관으로서 큰 보람을 느꼈던 것 같다.

굳이 소방관이 아니라 누구라도 할 수 있는 일이었겠지만 법에 저촉될 수도 있고 본인이 위험해질 수도 있는 일을 누가 선뜻 나서서 할 수 있을까. 무엇보다 바쁘디 바쁜 현대사회에 오지랖 휘날리며 개 목줄을 끊어줄 정신이나 있을까 말이다.

우린 그런 면에서 참 보람 있는 직업인이 아닌가 생각된다. 마음껏 도와주어도 '괜한 참견'이라는 말을 들을 일 없고, 앞으로 1년, 2년 그보다 더 오래 이 시골 개가 나한테 꼬리를 흔들어줄 테니까 말이다.

어떤 일이든 하다 보면 일이 내게 주는 만족감이나 일의 가치를 느낄 만한 기억들이 쌓이는 게 당연할 텐데, 일에서 오는 피로함과 압박감이 더 커서 흔하게 널린 보람보다는 뜨끈한 온열매트 생각이 더 간절하곤 했다. 누군가 강요하지 않아도 나를 움직이게 하는 강한 끌림. 며칠 내내 카페에서 아메리카노를 마시다 보니 내가 다시 방화복을 입을 수밖에 없는 여러 기억들이 솟아났다. 가장 보람찼던 순간은 아직 찾아내지 못했지만, 적어도 보람된 일을 하고 있는 나를 발견했으니까.

이 또한 지나가리라

구조대 사무실 문 맞은편에 119 안전센터가 있다. 인사이동 한 달이 지난 시점에 그 안전센터의 센터장님이 은퇴를 앞두고 계셨다. 키가 훤칠하고 2:8 가르마를 단정하게 탄 매우 신사 같은 분이었다.

내가 한참 멀리서도 인사를 하면 허리를 가볍게 숙이며 나의 인사를 받아주셨다. 우리 소방서에서 나만큼 인사를 열심히 하고 다니는 사람이 없었는데, 이분처럼 인사를 잘 받아주시는 분도 없었기에 기억에 남았다.

한 번은 이런 적도 있다. 소방서 식당에서 식사를 마치고 나오는 센터장님을 보고 인사할 거리를 재고 있었다. 이때다 싶어 인사를 건넸다.

"어. 그래."

"센터장님, 안녕하십니까!……??"

이번엔 조금 특별했다. 나의 인사 속도보다 센터장님의 답인사가 더 빨랐다. 마치 전투기의 속도가 빨라지고 빨라지다 소리의 속도를 앞질렀듯 센터장님의 답인사는 후배들의 인사 속도를 앞질렀다. 센터장님은 잘 모르시겠지만 내 맘엔 잔잔한 감동이 일렁였다. 그게 왜 감동이었는지는 아직도 말로 설명하기 어렵지만 어쨌든 감동이었다. 소문에 센터장님이 전북 지역의 3대 호인 중 한 분이시라고 했다. 그 작은 행동에 매우 납득이 가는 소문이라며 고개를 끄덕였다.

센터장님의 근무 마지막 날 모습이 기억에 남는다. 여느 때와 다름없이 남들보다 조금 일찍 서둘러 출근을 했다. 주차하고 소방서 정문 입구로 들어서려는데 센터장님께서 마중 나와 계셨다. 아무도 출근하지 않은 시간부터 홀로 입구를 지키며 마지막으로 후배들의 손을 잡아주고 싶으셨나 보다.

그리고 그날은 센터장님이 자주 눈에 띄었다. 컨테이너 창고에 장비를 꺼내러 가면 그 근방을 뒷짐 지신 채 걷고 있었고, 쓰레기 분리수거를 위해 분리수거장에 가니 그곳 꽃송이에 관심을 두며 시간이 멈춘 듯 바라보고 계셨다. 아마 소방서의 마지막 모습을 최대한 눈에 넣으시려는 것 같았다.

퇴근 시간이 다가오고 안전센터 직원들의 박수 소리가 밖에서 들렸다. 무슨 일인가 사무실 밖으로 나가보니 센터직원들이 준비한 작은 퇴임 이벤트가 진행 중이었다. 행렬의 앞에서 인자한 미소를 머금은 센터장님의 눈빛엔 알 수 없는 서운함이 담겨 있었다. 남원을 지키던 소방관에서 일반 소시민으로 돌아가는 마지막이 쓸쓸하지 않도록 센터직원들이 박수와 웃음소리로 지켜주고 있었다.

센터장님이 어떤 소방관이었는지 나는 잘 알 수 없지만,

가끔씩 구조대장님으로부터 듣는 옛날이야기를 통해 어떤 시절의 소방관이었는지 알게 되었다.

"지금은 방화장갑 좋아졌잖아. 나 때는 고무장갑 끼고 나갔어."

"에이~ 대장님, 그거 구한말 때 이야기 아니에요?"

"허이참. 나 소방사 때 그랬다니까. 니들 방화복도 개인 지급이지? 두 벌씩 나오고. 나 때는 방화복이 뭐여. 그냥 어디 너덜너덜한 거 주워다가 입고 공기 호흡기도 3대 가지고 돌려 쓰면서 불 껐어. 너희들은 잘 모르겠지만 지금 많이 좋아진 거다."

그 시절 소방관 이야기를 듣고 있자면 마치 인류가 청동을 거푸집에 부어 칼을 만들고 있을 때 신석기 시대를 경험한 선배가 "야. 나 때는 다 돌로 싸웠는데 세상 좋아졌다"라며 말을 거드는 것 같은 느낌이었다. 그때는 교대 주기도 하루 근무, 하루 비번(휴식)이었고, 월급도 일반 회사 절반에도 못 미쳤다고 했다. 먹고사는 것도 빡빡한 마당에, 군복 입고 선배들한테 조인트(정강이) 까이면서 직장생활을 하다 보면 몸과 마음이 쉴 틈 없이 힘들었다고 했다.

힘겨운 시절을 겪고 나면 그게 다 추억이 되는지 그때가 좋았다며 말씀을 맺었다. 벽시계와 우리를 번갈아 보는 대장님을 보니, 대장님의 추억상자엔 아직도 빛을 보지 못한 이야기가 수북하게 쌓여 있는 듯했다.

'이 또한 지나가리라.' – 페르시아 잠언

　가끔 직장생활이 힘이 부칠 땐 평소 눈에 들어오지 않던 문구들이 보였다. 친구들과 사이다잔(술을 못한다)을 부딪치며 찾는 위로도 약발이 다하여 부침의 끝에 왔을 즈음이 특히 그랬다. 그러던 중 이 문구를 보고 마음에 담아두었던 적이 있다.

　사실 소방서 생활이 만만치 않았다. 일에 치일 땐 일을 하면 되지만 사람에 치일 땐 딱히 답이 없었다. 마음이 가시밭길인데 내가 가는 길이 꽃밭일 리도 없었고 말이다. 그러다 출근이 싫어지는 날이면 연가를 쓰고 천변을 걸었다. 끝을 정하지 않고 걷다 보니 또 소방서가 보였다. 피할 길이 없었다. 선배님들도 힘든 시간, 서러웠던 시간 다 흘려보내고 그 자리에 있는 거였겠지. 은퇴하신 센터장님의 온화했던 미소가 결코 가볍게 느껴지지 않았다.

　얼마 전 정년퇴임을 하시는 팀장님께서 마지막 인사를 하셨다.

　"세월이 정말 빠르게 지나갔습니다. 처음 남원소방서에 발령받아 선배님들을 바라만 보는 위치에 있었는데, 어느새 후배님들 앞에서 퇴직을 합니다. 퇴임을 맞는 기분은, 음…… 군대 제대하는 기분입니다. 아무것도 모르고 들어와서 뭔가를 알 때쯤 제대를 합니다. 엊그제 소방관이 된 것 같은데 다시 시민으로 돌아갑니다. 지금껏 잘해왔고 앞으로도 잘 살아 가겠습니다. 모두 건강하게 소방생활을 마무리할 수 있도록 기도하겠습니다."

팀장님은 퇴직 후 소를 키우겠다고 하셨다. 소방서에서 있었던 일들은 가슴에 묻고 키우던 개랑 소한테 열심히 밥 줄 생각이라고 웃으며 말씀하셨다. 검은색 패딩에 정장 바지를 멀끔하게 입고 우리에게 손을 흔들며 가시는 뒷모습에서 서운함보단 기대감이 보였다. 언젠가 이 시간들도 훌훌 털고 후배들에게 안녕을 고할 내 모습도 겹쳐지듯 보였다.

대단한 사람

언젠가 내가 '브런치'에 '시골 소방관 심바 씨'라는 필명으로 글을 쓰고 있다는 것을 알게 된 남원 토박이 팀장님이 내게 발끈하며 물었다.

"최반장! 남원이 시골인가?"

이곳에서 나고 자라 지역 자부심을 갖고 있는 팀장님의 입장에서 시골 소방관이라는 말이 좀 불편하게 들렸던 것 같다. 생각해보면 내가 출근을 당나귀 등에 업혀서 하는 것도 아니고, 집으로 돌아오는 길에 풀피리를 만들어 부는 것도 아니니 딱히 '남원 정도면 시골입니다'라고 할 명분이 부족했다. 광한루원 근처에 스타벅스 입점을 위한 굴착공사를 한다던데, 이참에 '중소도시 소방관 심바 씨'로 필명을 바꿔야겠다.

그리고 얼마 있어 지리산 근처 인월 119 안전센터로 발령이 났다. 3개월간 센터에서 근무를 해보니 불 끄는 날보다 지리산에서 길 잃은 사람을 메고 내려오는 날이 많았고, 손에선 불 냄새 대신 자연의 냄새가 가득했다. 이곳 생활은 하루하루가 우산 장수와 나막신 장수 아들을 둔 어머니의 심정 같았다. 비가 오면 계곡에 놀러 온 사람들이 물에 휩쓸릴까 걱정이고, 날씨 좋으면 산 타러 온 사람들이 산에서 길을 잃을까 걱정이었다.

필명에 대한 고민은 어느덧 까맣게 잊고 요새는 소방관이냐 산악인이냐 정체성의 혼란을 겪고 있다. 군이 필명을 고친다면 '중소도시 산악인 심바 씨'에 가까워졌다. '도시의 산악인'은 말이 또 안 되려나? 에라 모르겠다.

나와 함께 발령을 받고 같은 팀이 된 반장님 두 분이 더 있다. 대전에서 출퇴근을 하는 반장님은 나와 소방서 논문을 쓰며 같이 밤을 새우던 사이라서 잘 알고 있지만, 다른 한 분은 전혀 정보가 없는 반장님이었다. 소방서 2층 내근직으로 근무하다가 외근직으로 자원해서 발령을 받고 내려왔다며 자기소개를 했다.

전반장님은 모두가 모인 자리에서 인사를 나누며 특유의 웃음소리를 들려줬다. '흐흐'와 '헤헤'의 중간쯤 되는 어딘가의 소리였는데 듣는 사람들까지 기분이 좋아지는 웃음소리였다. 웃음의 포인트가 있다면 그가 하는 모든 말 끝에 이 웃음소리가 들어간다는 사실이다.

"반장님, 저 지금 운동하러 가는데 같이 가실래요? 흐ㅔ흐ㅔ……."

"저는 아침에 밥을 먹고 왔어요. 흐ㅔ흐ㅔ……."

"발에 족저근막염이 왔네요. 흐ㅔ흐ㅔ……."

전반장님을 웃기면 어떤 소리가 날까 궁금해서 아재 개그

몇 가지를 던졌더니 '까르르르' 소리를 내며 인월 안전센터를 해피바이러스로 채웠다. 이젠 일터에서 전반장님의 웃음소리를 듣지 않으면 휴대폰이 없어진 것처럼 공허하고 불안했다. 인간이 어떻게 이 정도로 해피할 수 있을까. 그러다 한 번은 소름 돋는 사건도 있었다.

지리산의 어느 골이 깊은 기슭에 '사람이 죽어 있다'는 신고를 받고 구조대원과 구급대원들이 출동하여 등에 장비들을 메고 구슬땀을 흘리던 어느 날이었다. 등산로에서 한참을 벗어나 길도 없는 가파른 산을 오르다 보니 '전생에 내가 나라라도 팔아먹었나' 생각이 들고, 다시 태어난다면 산악인으로 살고 싶다고 떠들고 다녔던 날들이 후회로 밀려왔다.

'아…… 하나님이 보우하사 내가 산악인의 꿈을 이렇게 이루는구나.' 오만감정의 소용돌이 속을 항해하던 중 앞장서서 길을 찾는 선임 반장님의 외마디가 들려왔다. "여깄다!"

사고현장에서 사고자는 풍경사진을 찍던 중 바위에서 실족을 하여 사망한 것으로 추정되었다. 노란 독수리가 그려진 모자로 땀을 연신 닦아내며 따라온 경찰관 한 분이 사고자의 사고 경위를 파악하기 위해 여기저기 전화를 걸었다.

그사이 비가 추적추적 내리더니 어느덧 소나기가 되었다. 고인이 된 사고자를 이대로 둘 수 없어 운반을 하기로 결정하고 산악용 들것에 고인을 모셨다. 고인을 네 명의 대원이 어깨에 메고 내려가야 하는데 이때부터 고난의 행군이 시작되었다. 비는 더욱 억수같이 쏟아졌다. 절벽엔 가까운 산을 내려가는 내내 신체의 모든 관절에서 비명소리가 들렸다.

"악! 잠깐만요! 허리 허리!" "아아! 무릎 무릎!" 산속에 곡소리가 울려 퍼지고, 갑자기 구조대원이 땅에 미끄러져 눈앞에서 사라지기도 했다. 이러다간 우리가 조난될 거라며 구급대원 주임님은 계속 전화로 지원 요청을 하였다.

"잠시 쉬었다 갈까요? 헉헉."

엉덩이를 땅에 붙이자 '한 시간이 넘도록 내려왔지만 등산로까진 아직 절반도 못 왔다'는 소식이 들렸다. 진심으로 믿기지 않았다. 아니 믿고 싶지 않았다. 어릴 적 할머니와 자주 가던 굴다리 시장에서 "넌 여기 다리 밑에서 주워왔으니까 말 안 들으면 굴다리로 돌려보낸다"라고 했을 때처럼 믿기지 않음과 믿기 싫음이라는 반반 상황이 또 벌어진 것이었다. 길지도 않은 인생, 뭐 이리도 양념 반 후라이드 반 같은 일이 많은지.

절망이 내게로 와 몸부림칠 때 팀원들 역시 고개를 푹 숙인 채 비를 맞으며 망연자실해 했다. 그런데 그 시각, 뒤쪽에 있던 전반장님은…… 웃고 있었다!

'우와 이 상황에서 웃을 수 있다고?!'

이게 글로 잘 전달이 되지 않는데, 실제로 겪어보면 식스센스급 충격적인 반응이었다. 차라리 지리산 어미 반달곰 만나지, 내가…… 와……. 구급대원으로 따라와선 구조대원보다 더 열심히 '파이팅'을 외치며 고인의 무게를 어깨에 나눠지던 전반장님이었다. 두 시간쯤 지나 지원병력이 있는 등산로까지 내려왔을 때도 전반장님은 별일 아닌 듯 초코파이를 입에 우겨넣으며 특유의 웃음소리를 내었다. "너무 힘드네요. 흐ㅔ흐ㅔ."

그 사건이 있은 후, 전반장님은 체력단련 시간이면 무조건 러닝머신을 뛰었다. "반장님 운동 열심히 하시네요~?" 칭찬을 하니 "산악 출동 나가려면 이대론 안 되겠더라고요. 흐ㅔ흐ㅔ흐ㅔ"라고 답하며 하얀 치아 여덟 개를 선물로 보여주셨다. 인월 센터로 발령 온 후 지금까지 이런 식으로 스스로의 미션을 만들어내 꾸준하게 지키고 있던 것이다. 몰랐는데 아침 6시면 주방으로 가서 시키지도 않은 청소를 하고 있었단다. 이런 꾸준함과 초긍정 에너지를 누가 이길 수 있으랴.

혈기가 왕성했던 20대의 나는 엄청난 재능을 갖고 있거나 능력 있는 사람이 대단해 보였다. 그 능력으로 돈을 많이 벌거나 이름을 날려서 강연장 무대 위에 서 있는 사람을 존경의 대상으로 삼았던 것 같다. 삶의 과정보다는 눈부신 결과에 엄지를 치켜올렸던 날들이었다.

하지만 시간이 지나 몇 꺼풀의 허영심이 벗겨진 지금은 전반장님 같은 사람이 대단하다고 생각된다. 긍정적인 마음으로 무언가를 꾸준히 실행하는 사람. 실행하는 것이 무엇이든 겹겹이 시간을 쌓아가는 모습은 사람을 감동시키기에 충분

하다. 처음엔 이상한 사람으로 보일 수 있지만 꾸준히 이상하면 진심이란 것이 느껴지기 마련이다.

하루나 한 달은 하는 척할 수 있어도 수개월 수년은 절대하지 못하는 게 사람이다. 그래서인지 건물 관리인들이 전반장님만 찾는다. 소방설비 관련해서 전반장님만큼 열심히 전화를 돌리며 스윗하게 설명해주는 사람이 없어서였다. 처음엔 우리가 고객센터도 아닌데 저렇게까지 할 필요가 있나 생각이 들었는데, 요새 센터장님의 입술에 전반장님에 대한 칭찬이 마를 날이 없다.

며칠 전 팀 단위 회식을 했다. "저는 이곳에 와서 너무 행복한 시간을 보내고 있습니다"라며 읊조리는 전반장님의 건배사는 동료들에게 잔잔한 감동을 주었다. 서글서글하게 생겨서는 술도 제일 잘 마시고 제일 잘 놀았다. 동전 노래방에 성대를 내어놓고 매트리스 위에 누워 제일 먼저 시동을 걸고 출발했다. 코골이가 경운기 정도겠지 생각했는데 그날 밤 탱크가 온방을 휘젓고 다녔다. 많이 피곤했었나 보다.

다음날 아침 출근을 위해 옷을 갈아입고 1층에 내려가 보니, 차 앞에 전반장님이 해맑게 웃으며 우리를 기다리고 있었다. 양손에 따뜻한 커피와 꿀물을 들고서…… 참 여전하고, 참 부지런한 사람이다.

가끔 '나는 어떤 소방관인가'를 스스로 질문하는 상념에 잠길 때가 있다. 조직에서 뭐 하나 뛰어난 구석이 없어서 매일 이리저리 팔려 다니는 팔자인지라 현타도 많이 온다. 글을 쓴다고 하니 동료들이 나를 조금 이상하게 생각하던데, 이상한 소방관을 콘셉트로 잡아야 하나, 마음이 갈대와 같다.

그래도 전반장님을 통해 약간의 힌트를 얻었다. 밝은 마음으로 꾸준하게 뭐라도 해봐야겠다. 글이라도 계속 쓰면 뭔가 유의미한 게 남겠지. 〈난중일기〉처럼. 〈난중일기〉의 밝은 버전인 '중소도시 산악구조대원 심바 씨의 이야기'라고.

함박눈이 내리던 2022년 겨울 어느 날 우리 집에 새 생명이 찾아왔다. 함박눈과 함께 와서 태명도 함박이라 지었다. 아버지와 함께 지냈던 잠깐의 시간보다 몇 배는 더 긴 시간을 홀어머니 밑에서 자랐는데, 그런 내가 이제 아버지가 된다고 했다.

스피커로 들려온 아기의 심장소리는 나의 모든 순간을 되돌아보게 했다. 손가락 한마디 까딱할 수 없었다. 아마 눈앞에서 흰 수염고래를 만난다면 이런 느낌이지 않을까 생각했다. 믿을 수 없는 신비한 생명체와의 조우. 살면서 해왔던 여러 달콤한 말들과 생각들이 무의미해지고, 나라는 사람의 정신만 육체에서 빠져나와 고요하고 짙은 푸른색 바닷속을 유영하는 듯한 기분이었다.

함박이를 소리로 처음 마주한 때를 떠올릴수록 내게 보이는 무늬가 의미 없게 느껴졌다. 내 이름 석 자를 빛내기 위해 애써 만든 이력에는 어떤 의미가 있었을까. 세상에 이유와 목적이 없는 무늬는 없듯, 내가 가진 무늬의 이유를 생각하게 되었다.

아버지의 부재가 나를 만들었다. 나에게 있어선 누구보다 따뜻했던 아버지. 할아버지를 일찍 여의는 바람에 할아버지와의 기억이 없었던 아버지는 나와 같이 등산을 하고 싶으셨다 말했다. 다른 친구들은 그들의 아버지와 등산도 하고 남자로 사는 법을 하나하나 배웠는데, 정작 본인은 어린 시절 혼자 남의 집에 델 땔감을 구하러 산을 탄 기억밖에 없어서 서글펐다고 했다.

그래서 아버진 나를 데리고 약수터에 자주 가셨다. 아직 등산을 할 체력이 되진 못한 나를 데리고 훈련을 시키셨던 것 같다. 그것도 모르고 힘들다고 생떼를 부린 날엔 집 근처 수돗가에서 물을 받아 집으로 갔다. 물론 그 모습을 어머니한테 걸려서 서로 머쓱해 큰 웃음으로 때웠던 기억도 있다. 사춘기가 시작될 무렵, 할아버지의 부재로 아픔을 겪었던 내 아버지는 내게도 또 같은 아픔을 물려주고 먼 길을 떠나셨다.

갑작스럽게 집안의 가장이 된 어머니는 두 아이의 생계를 오롯이 양 어깨에 짊어지고 사셨다. 식당, 우유배달, 양말장사 등 안 해본 일이 없을 만큼 억척스럽게 본인의 삶을 짓이겨 자식이 빛나도록 뒷바라지를 하셨다.

그런 어머니를 위해 우리가 할 수 있는 일은 착하게 지내는 것이었다. 사고 치지 않고 착하게 어머니 가슴에 상처 낼 일 없게. 학교 선생님들은 항상 누나와 내게 선행상과 효행상을 챙겨주셨다. 그 상은 사실 고생하는 어머니께 드리는 선생님의 마음이었다.

내가 특전사에 입대하는 날 어머니는 많이 우셨다. 돈을 벌기 위해 직업군인으로 떠나는 아들에게 미안한 마음이셨던 것 같다. 헤어지기 전에 내 아들 고생할 거라며 삼계탕을 사주셨는데 입맛 없다며 닭다리 하나 뜯고 수저를 내려놓았다. 늠름하게 그릇을 비웠더라면 어머니의 마음이 덜 아팠을 텐데. 입대하고 첫 저녁식사로 나온 삼계탕을 앞에 두고 나도 많이 울었다.

성인이 되고 내가 할 수 있는 건 서툰 도전밖에 없었다. 아버지에게 배운 것이 없는 나는 군인이 돼서야 용기를 내었다. 남자목욕탕도 처음 가봤다. 순대국밥도 혼자 먹어보고, 전구를 나사선에 맞춰 돌려 끼우는 것도 해보았다. 그리고 등산. 수없이 많은 산과 봉우리를 넘었다. 아버지가 나와 그렇게나 가고 싶어 하셨던 산을 아버지 없이 수백 번 오르내렸다. 잠시 산악인의 꿈을 꾸었던 것도 그런 아버지와의 기억 때문이었다.

아버지의 심장이 멎었던 날, 아버지 가슴에 고사리 같은 두 손을 얹고 흉부압박을 하며 아버지 입에 숨을 불어넣었던 나는 속으로 119 아저씨들을 원망했다. 아저씨들이 늦게 와서 내 소중한 아버지가 죽은 거라고. 나였다면 절대 늦지 않았을 텐데, 나였다면 꼭 살렸을 텐데. 그 기억과 원망이 무의식에 남아 나도 119 아저씨가 되었다. 그리고 매번 조금만 참아달라고, 조금만 기다리라며 마음으로 외치며 출동을 하고 있다.

나는 아버지가 이토록 사무치게 그리웠다. 이젠 아버지가 어떤 사람인지 떠올리고 싶어도 할 수가 없다. 지고지순할 정도로 성실했고 주변 사람들한테 따뜻했고 손이 펴지지 않을 만큼 고생하셨다. 이게 내가 기억하는 아버지의 전부이다. 오랜만에 연락이 된 고모를 만났는데 고모는 친할머니와 똑같은 얼굴을 하고 있었다. 그리고 내게 넌 아버지를 닮았다고 했다. 그립고 그리운 얼굴이 여기 있었다.

아침에 출근을 할 때 아내의 배를 문지르며 함박이한테 인사를 한다. 나중에 나와 함께 등산을 하게 될 아이, 내가 가진 아픔을 나눠주지 않으리 매일 다짐을 하며 집을 떠난다. 나중에 함박이가 커서 아빠는 어떤 사람이었는지 궁금해한다면 이 책을 읽게 해주고 싶다. 시골 소방관 심바 씨 이야기는 사실 이런 그리움을 안고 산 사람의 이야기다. 그리고 내 자식이 아버지를 그리워할 때 어떤 생각을 하고 살았는지 알 수 있도록 남긴 기록이다.

그리고 어머니, 당신의 사랑으로 저희 바르게 자랐습니다. 아직도 우리 어렸을 때 학원 한번 못 보내줘서 미안하다고 하시는데, 미안해 마세요. 어머니의 과분한 사랑에 저희는 늘 행복했습니다. 하나님의 은혜 안에서 우리 가족 아픈 적 없이 건강하게 지냈습니다.

모든 게 어머니의 기도였음을 깨닫습니다. 감사합니다. 사랑합니다 어머니.